MICHAIL BULGAKOW

Arztgeschichten

Michail Bulgakow

Arztgeschichten

ERZÄHLUNGEN

Aus dem Russischen
von Thomas Reschke

Sammlung Luchterhand

Inhalt

Aufzeichnungen eines jungen Arztes

Das Handtuch mit dem Hahn

Wer noch nie im Pferdewagen öde Feldwege entlangge-
zockelt ist, dem brauche ich nichts darüber zu erzählen, er
begreift es doch nicht. Wer es aber schon erlebt hat, den
möchte ich nicht daran erinnern.

Kurz und gut: Für die vierzig Werst, die die Kreisstadt
Gratschowka vom Krankenhaus in Murjewo trennen,
brauchten der Fuhrmann und ich genau vierundzwanzig
Stunden. Kurios genau: Um zwei Uhr nachmittags am
16. September 1917 passierten wir den letzten Kornspei-
cher am Stadtrand des bemerkenswerten Gratschowka,
und um fünf nach zwei am 17. September desselben
unvergeßlichen siebzehner Jahres stand ich auf dem vom
Septemberregen gepeitschten sterbenden und zerlaug-
ten Gras im Hof des Krankenhauses von Murjewo. Da
stand ich und war in folgender Verfassung: die Beine dermaßen steif, daß ich gleich hier im Hof in Gedanken
Lehrbücher durchblätterte, stumpf bemüht, mich zu ent-
sinnen, ob tatsächlich eine Krankheit existiert, bei der
die menschlichen Muskeln erstarren, oder ob ich das
nachts im Dorf Grabilowka nur geträumt hatte. Wie hieß
sie auf lateinisch, die verfluchte Krankheit? Jeder Muskel
schmerzte unerträglich und erinnerte an Zahnweh. Von
den Zehen ganz zu schweigen, sie ließen sich im Stiefel

nicht mehr bewegen und lagen reglos wie hölzerne Stummel. Ich gebe zu, in einer Anwandlung von Kleinmut habe ich flüsternd die Medizin verwünscht wie auch die Studienbewerbung, die ich fünf Jahre zuvor beim Rektor der Universität eingereicht hatte. Von oben schüttete es unterdes wie aus einem Sieb. Mein Mantel war vollgesogen wie ein Schwamm. Mit den Fingern der rechten Hand versuchte ich vergeblich, den Koffergriff zu fassen, und spuckte schließlich ins nasse Gras. Meine Finger konnten nichts greifen, und wieder fiel mir, der ich mit allerlei Kenntnissen aus interessanten medizinischen Büchern vollgestopft war, eine Krankheit ein: die Paralyse. Paralysis, sagte ich, weiß der Teufel weshalb, verzweifelt zu mir.

»A-an eure Straßen hier muß man sich erst g-gewöhnen«, sprach ich mit hölzernen blauen Lippen.

Dabei glotzte ich den Fuhrmann böse an, obwohl er eigentlich am Zustand der Straße keine Schuld trug.

»Ach, Genosse Doktor«, antwortete er und konnte die Lippen unter dem blonden Schnurrbärtchen kaum bewegen. »Ich fahr hier schon fünfzehn Jahre und hab mich auch noch nicht daran gewöhnt.«

Ich erschauerte und betrachtete verzagt das zweigeschossige Gebäude mit der abblätternden weißen Farbe, die ungeweißten Balkenwände des Feldscherhäuschens und meine künftige Residenz, ein zweigeschossiges, blitzsauberes Haus mit geheimnisvollen grabesartigen Fenstern, und stieß einen langen Seufzer aus. Sogleich durchzuckte meinen Kopf statt lateinischer Wörter der genießerische Satz, den in meinem von der Kälte und dem Geschaukel benommenen Gehirn ein dicker Tenor mit hellblauen Hüften sang:

Sei mir gegrüßt, ersehntes Obdach …

Leb wohl, leb wohl für lange, goldrotes Bolschoi-Theater, Moskau, Schaufenster … ach, lebt wohl.

Das nächste Mal ziehe ich den Schafpelz an, dachte ich mit wütender Verzweiflung und zerrte steiffingrig an den Kofferriemen. Allerdings ist das nächste Mal schon Oktober, da kann ich gleich zwei Schafpelze anziehen. Und vor einem Monat fahre ich nicht nach Gratschowka. Auf keinen Fall. Überlegen Sie selbst, wir mußten übernachten! Zwanzig Werst hatten wir zurückgelegt und befanden uns in wahrer Grabesfinsternis … Nacht … In Grabilowka mußten wir übernachten … Der Lehrer nahm uns auf …. Heute morgen sind wir um sieben losgefahren … und dann kommt man – du lieber Gott – langsamer als ein Fußgänger vorwärts. Ein Rad kracht in ein Loch, das andere hebt sich in die Luft, der Koffer – rums – auf die Füße … Dann auf die eine Seite, auf die andere, mit der Nase nach vorn, dann mit dem Genick. Und von oben gießt und gießt es, und man friert durch bis auf die Knochen. Hätte ich etwa voraussehen können, daß ein Mensch mitten im grauen und sauren September auf dem Feld frieren kann wie im grimmigsten Winter? Wie sich zeigt, kann er. Und während man eines langsamen Todes stirbt, sieht man immer nur ein und dasselbe. Rechts das bucklige, abgeknabberte Feld, links ein verkümmertes Waldstück, daneben halb zerfallene graue Hütten, fünf oder sechs an der Zahl. Es scheint, als gäbe es keine lebende Seele darin. Schweigen, Schweigen ringsum …

Endlich gab der Koffer nach. Der Fuhrmann beugte sich darüber und schob ihn auf mich zu. Ich wollte ihn am Riemen fassen, doch meine Hand versagte, und mein dickgeschwollener, mir zum Ekel gewordener Weggefährte, vollgestopft mit Büchern und allem möglichen Plunder, plumpste, mir gegen die Beine schlagend, ins Gras.

»Ach, du lie…«, setzte der Fuhrmann erschrocken an, doch ich machte ihm keine Vorwürfe, denn meine Beine taugten ohnehin bloß noch zum Wegschmeißen.

»He, ist da wer? He!« schrie der Fuhrmann und schlug mit den Armen um sich wie ein Hahn mit den Flügeln. »He, ich hab den Doktor hergebracht!«

Da drückten sich Gesichter an die dunklen Fenster des Feldscherhäuschens, eine Tür klappte, dann sah ich einen Mann in zerrissenem Mantel und Stiefeln durchs Gras auf mich zuhumpeln. Respektvoll riß er zwei Schritte vor mir die Schirmmütze vom Kopf, lächelte verschämt und begrüßte mich mit heiserem Stimmchen: »Guten Tag, Genosse Doktor.«

»Wer sind Sie denn?« fragte ich.

»Jegorytsch bin ich«, stellte er sich vor, »der hiesige Wächter. Wir warten ja schon so auf Sie.«

Sogleich ergriff er den Koffer, schulterte ihn und trug ihn weg.

Ich stakste hinter ihm her, erfolglos bemüht, die Hand in die Hosentasche zu schieben, um das Portemonnaie hervorzuholen.

Der Mensch braucht eigentlich sehr wenig. Vor allem braucht er ein wärmendes Feuer. Beim Aufbruch in die Einöde von Murjewo hatte ich mir, das fiel mir jetzt ein, noch in Moskau vorgenommen, mich würdevoll zu geben. Mein jugendliches Aussehen hatte mir schon auf den ersten Schritten das Dasein vergällt. Jedem mußte ich mich vorstellen: »Doktor Soundso.« Und jeder zog unweigerlich die Augenbrauen hoch. »Wirklich? Ich dachte, Sie wären Student.«

»Nein, ich bin schon fertig«, antwortete ich dann mürrisch und dachte: Ich muß mir eine Brille zulegen, jawohl. Aber diese Anschaffung hatte keinen Zweck, denn meine Augen waren gesund und noch nicht von Lebenserfahrung getrübt. Da mich somit keine Brille vor freundlich herablassendem Lächeln schützte, trachtete ich, mir achtunggebietendes Gehaben anzugewöhnen. Ich versuchte, gemessen und gewichtig zu sprechen, hastige Bewegungen nach Möglichkeit zu vermeiden und nicht zu rennen wie ein Dreiundzwanzigjähriger, der die Universität gerade hinter sich hat, sondern zu gehen. Doch wie ich nun nach vielen Jahren weiß, gelang mir das sehr schlecht.

Gerade jetzt brach ich diesen meinen ungeschriebenen Verhaltenskodex. Zusammengekrümmt und in Socken saß ich da, nicht in meinem stillen Kämmerlein, sondern in der Küche, und drängte mich wie ein Feueranbeter hingerissen und leidenschaftlich an die im Herd lodernden Birkenscheite. Links von mir stand mit dem Boden nach oben ein Zuber, darauf lagen meine Schuhe, ein kahlgerupfter Hahn mit blutigem Hals und daneben der Haufen seiner bunten Federn. Ich hatte nämlich noch im Zustand der Erstarrung eine ganze Reihe von Handlungen ausgeführt, die das Leben von mir forderte. Die spitznasige Axinia, Jegorytschs Frau, war von mir in das Amt meiner Köchin eingesetzt worden. Demzufolge war unter ihren Händen der Hahn gestorben. Ich sollte ihn essen. Ich hatte mich mit allen bekannt gemacht. Der Feldscher hieß Demjan Lukitsch, die Hebammen hießen Pelageja Iwanowna und Anna Nikolajewna. Ich hatte einen Rundgang durch das Krankenhaus gemacht und mich restlos davon überzeugt, daß es überaus reich mit Instrumenten versehen war. Genauso restlos überzeugt mußte ich zugeben (natürlich nur im stillen), daß die Bestimmung vieler der jungfräulich glänzenden Instrumente mir gänzlich unbekannt war. Ich hatte sie, ehrlich gesagt, noch nie gesehen, geschweige denn in der Hand gehalten.

»Hm«, brummte ich vielsagend, »Sie haben ja ein hübsches Instrumentarium. Hm …«

»Gewiß doch«, versetzte Demjan Lukitsch behaglich, »alles dank den Bemühungen Ihres Vorgängers Leopold Leopoldowitsch. Er hat ja von früh bis spät operiert.«

Da brach mir kalter Schweiß aus, und ich blickte wehmütig auf die spiegelnden Schränkchen.

Danach gingen wir durch die leeren Krankenzimmer, in denen ohne weiteres vierzig Personen unterzubringen waren.

»Bei Leopold Leopoldowitsch waren es manchmal auch fünfzig«, tröstete mich Demjan Lukitsch, und Anna Nikolajewna, eine Frau mit grauem Haarkranz, fügte zu allem Überfluß hinzu:

»Doktor, Sie sind noch so jung, so jung … Geradezu erstaunlich, wie ein Student sehen Sie aus.«

Ach du Donner, dachte ich, die sind sich ja alle einig, wirklich wahr!

Und trocken knurrte ich durch die Zähne:

»Hm … nein … das heißt, ja, ich bin noch jung …«

Dann stiegen wir hinunter in die Apotheke, und ich sah, hier fehlte allenfalls Vogelmilch. In den beiden ziemlich dunklen Räumen roch es kräftig nach Kräutern, und in den Regalen fand sich alles, was man wollte. Es gab sogar patentierte ausländische Mittel, und ich brauche nicht hinzuzufügen, daß ich noch nie von ihnen gehört hatte.

»Hat alles Leopold Leopoldowitsch bestellt«, berichtete Pelageja Iwanowna stolz.

Dieser Arzt muß ein Genie gewesen sein, dachte ich, durchdrungen von Hochachtung für den geheimnisvollen Leopold, der das stille Murjewo verlassen hatte.

Der Mensch braucht nicht nur wärmendes Feuer, er muß sich auch einleben. Den Hahn hatte ich längst aufgegessen. Jegorytsch hatte mir einen Strohsack gestopft und ein Laken darübergebreitet, und im Arbeitszimmer meiner Residenz brannte die Lampe. Ich saß da und blickte wie verzaubert auf die dritte Errungenschaft des legendären Leopold: den vollgestopften Bücherschrank. Allein über Chirurgie fand ich bei flüchtigem Zählen an die dreißig Bände in russischer und deutscher Sprache. Und über Therapie! Und die fabelhaften Atlanten der Hautkrankheiten!

Der Abend rückte näher, ich lebte mich ein.

Ich bin gänzlich unschuldig, dachte ich immer wieder qualvoll, ich habe ein Diplom, habe fünfzehn Einsen. Ich habe schon in der Hauptstadt zu verstehen gegeben, daß ich als zweiter Arzt gehen möchte. Aber nein. Man hat gelächelt und gesagt: »Leben Sie sich ein.« Nun lebe dich mal ein! Und wenn ein Bruch gebracht wird? Wie soll ich mich mit dem einleben? Und vor allem, wie wird sich der Patient mit dem Bruch unter meinen Händen fühlen? Im Jenseits wird er sich einleben. (Es lief mir kalt den Rücken hinunter.)

Und vereiterte Blinddarmentzündung? Ha! Und Diphtherie bei den Dorfkindern? Und wenn ein Luftröhrenschnitt angezeigt ist? Aber auch ohne Luftröhrenschnitt werde ich mich nicht eben wohl fühlen. Und ... und die Geburten? Die habe ich ganz vergessen! Regelwidrige Lagen. Was mach ich dann? Na? So was von Leichtsinn! Ich hätte dieses Revier ablehnen müssen. Unbedingt. Hier hätte ein neuer Leopold hergehört.

In Schwermut und Dämmerlicht durchschritt ich das Zimmer. Wenn ich auf gleicher Höhe mit der Lampe war, sah ich in der grenzenlosen Finsternis der Felder mein bleiches Gesicht neben dem Lampenlicht im Fenster.

Ich bin wie der falsche Demetrius, dachte ich dümmlich und setzte mich wieder an den Tisch.

Zwei Stunden lang quälte ich mich in meiner Einsamkeit, bis meine Nerven die selbst fabrizierten Ängste nicht mehr ertragen konnten. Da beruhigte ich mich langsam und schmiedete sogar Pläne.

So ist das ... Die Sprechstunde soll jetzt kaum besucht sein. In den Dörfern wird Flachs gebrochen, die Wege sind unpassierbar. Gerade jetzt werden sie dir einen Bruch bringen, dröhnte eine rauhe Stimme in meinem Gehirn, wegen eines Schnupfens (einer leichten Krankheit) kommt bei dem Schlamm keiner, aber einen Bruch, den schleppen sie an, verlaß dich drauf, lieber Collega Doktor.

Nicht dumm, die Stimme, was? Ich schauderte.

Schweig, fuhr ich die Stimme an, es muß ja nicht gleich ein Bruch sein. Was soll die Neurasthenie? Wer A sagt, muß auch B sagen.

Mitgegangen, mitgefangen, mitgehangen, antwortete die Stimme boshaft.

So ist das ... Das Arzneibuch behalte ich bei mir. Wenn ich was verschreiben muß, kann ich beim Händewaschen nachdenken. Das Buch wird aufgeschlagen neben dem Aufnahmebuch liegen. Ich werde wirksame, doch einfache Medikamente verschreiben. Na, zum Beispiel Natrium salicylicum, 0,5 je Pulver, dreimal täglich ...

Dann kannst du auch Soda verschreiben! antwortete mein innerer Gesprächspartner mit unverhohlenem Spott.

Wozu denn Soda? Ich werde auch Ipecacuanha-Aufguß verschreiben, hundertachtzigfach verdünnt. Oder zweihundertfach. Bitte sehr.

Und obwohl in dieser Einsamkeit unter der Lampe kein Mensch Ipecacuanha von mir verlangt hatte, blätterte ich sogleich ängstlich das Arzneibuch durch, sah unter Ipecacuanha nach und las dann mechanisch, daß es auf der Welt »Insipin« gibt. Das sei nichts anderes als »Chinindiglycolsäureester«. Ich erfuhr, daß es nicht nach Chinin schmeckt. Aber wozu dient es? Und wie verschreibt man es? Ist es ein Pulver? Hol's der Teufel!

Insipin hin, Insipin her, aber was mache ich bei einem Bruch? beharrte die Angst in Gestalt der inneren Stimme.

In die Wanne setzen, verteidigte ich mich wütend. In die Wanne. Und dann den Bruch zurückzudrängen versuchen.

Es ist ein eingeklemmter, mein Lieber! Was zum Teufel soll da ein Wannenbad! Ein eingeklemmter Bruch, sang die Angst mit dämonischer Stimme. Da mußt du schneiden.

Nun gab ich auf und hätte fast geweint. Und ich schickte ein Flehen in die Dunkelheit vor dem Fenster: Alles, bitte nur keinen eingeklemmten Bruch.

Die Müdigkeit sang:

Leg dich schlafen, unglückseliger Äskulap. Schlaf dich aus, am Morgen siehst du weiter. Beruhige dich, junger Neurastheniker. Schau doch, die Dunkelheit vor den Fenstern ist ruhig, die erkaltenden Felder schlafen, es gibt keinen Bruch. Am Morgen siehst du weiter. Lebst dich ein. Schlafe. Lege den Atlas weg. Jetzt kapierst du sowieso kein Jota mehr. Der Bruchhals ...

Wie er hereingestürzt war, konnte ich mir nicht einmal vorstellen. Der Türriegel hatte geklirrt und Axinia etwas gepiepst. Und vor dem Fenster war ein Wagen vorübergeknarrt.

Er war ohne Mütze, trug eine offenstehende Pelzjoppe, hatte einen ungepflegten Kinnbart und irr blickende Augen.

Er bekreuzigte sich, fiel auf die Knie und bumste mit der Stirn auf den Fußboden. Das galt mir.

Jetzt ist es aus, dachte ich trübsinnig.

»Nicht doch, nicht doch, nicht doch!« murmelte ich und zog an dem grauen Ärmel.

Sein Gesicht verzerrte sich, und er stammelte, sich verschluckend, als Antwort:

»Herr Doktor ... Herr ... Die einzige, die einzige ... Die einzige!« Er schrie es plötzlich mit jugendlich klangvoller Stimme, so daß der Lampenschirm erzitterte. »Ach, du unser Herrgott ... Ach ...« Gramvoll rang er die Hände und schlug wieder mit der Stirn gegen die Dielenbretter, als wolle er sie zertrümmern. »Wofür? Wofür die Strafe? Womit haben wir dich erzürnt?«

»Was ist denn passiert?« rief ich und fühlte mein Gesicht kalt werden.

Er sprang auf die Füße, wankte und flüsterte:

»Herr Doktor, was Sie wollen ... Ich geb Ihnen Geld ... Sie kriegen Geld, soviel Sie wollen. Soviel Sie wollen. Ich bring Ihnen Lebensmittel ... Daß sie bloß nicht stirbt. Bloß nicht stirbt. Wenn sie ein Krüppel bleibt, macht nichts. Macht nichts!« schrie er zur Decke hinauf. »Wir füttern sie durch, haben genug.«

Axinias bleiches Gesicht schwebte im schwarzen Türrechteck. Bangigkeit umschlang mein Herz.

»Was ist denn? So reden Sie doch!« schrie ich unbeherrscht.

Er verstummte, dann flüsterte er, als teile er mir ein Geheimnis mit, und seine Augen wurden bodenlos tief dabei:

»Sie ist in die Flachsbreche gekommen ...«

»Flachsbreche?« fragte ich zurück. »Was ist das?«

»Flachs, sie haben Flachs gebrochen, Herr Doktor«, erklärte Axinia flüsternd, »die Flachsbreche ... Flachs wird damit gebrochen ...«

Es geht schon los. Schon. Oh, warum bin ich hergekommen! dachte ich entsetzt.

»Wer denn?«

»Meine Tochter«, antwortete er flüsternd, dann schrie er: »Helfen Sie!« Wieder warf er sich zu Boden, und seine gleichlang geschnittenen Haare fielen ihm über die Augen.

Die Lampe mit dem verbogenen Blechschirm brannte hell. Ich sah das Mädchen auf dem frisch duftenden weißen Wachstuch des Operationstisches liegen und vergaß den Bruch.

Ihr heller, etwas rötlicher Zopf hing verfilzt vom Tisch. Der Zopf war von gigantischer Länge, er reichte bis zum Fußboden. Der Kattunrock war zerfetzt, das Blut darauf von verschiedener Farbe – bräunliche und fettig rote Flecke. Das Licht der Blitzlampe kam mir gelb und lebendig, ihr Gesicht papiern, ihre Nase spitz vor.

Ihr gipsweißes, regloses Gesicht war von wahrhaft seltener Schönheit. Ein solches Antlitz sieht man nicht oft.

Im Operationssaal herrschte wohl zehn Sekunden lang völliges Schweigen, doch durch die geschlossene Tür war zu hören, wie der Bauer immer wieder dumpfe Schreie ausstieß und mit dem Kopf gegen den Fußboden bumste.

Er ist verrückt geworden, dachte ich. Die Schwestern werden ihm schon was eingeben ... Wie kommt er zu einer so schönen Tochter? Allerdings hat er regelmäßige Gesichtszüge ... Die Mutter muß schön gewesen sein ... Er ist wohl Witwer ...

»Ist er Witwer?« flüsterte ich mechanisch.

»Ja«, antwortete Pelageja Iwanowna leise.

In diesem Moment zerriß Demjan Lukitsch mit einer jähen, gleichsam wütenden Bewegung ihren Rock vom Saum bis zum Bund. Was ich nun erblickte, übertraf meine

Erwartungen. Das linke Bein war eigentlich nicht mehr da. Vom zerschmetterten Knie abwärts nur blutiges Gefetze und zerquetschte rote Muskeln, weiße Knochensplitter starrten spitz nach allen Seiten. Das rechte Bein war im Unterschenkel gebrochen, und zwar so, daß beide Knochenenden durch die Haut spießten. Dadurch lag ihr Fuß leblos, wie abgetrennt und zur Seite gedreht.

»Ja«, sagte der Feldscher leise und fügte nichts mehr hinzu.

Ich löste mich aus meiner Erstarrung und griff nach ihrem Puls. Er war an dem kalten Handgelenk nicht zu tasten. Erst nach einigen Sekunden fand ich das kaum spürbare Pochen. Dann setzte es aus, ich warf einen Blick auf ihre blau werdenden Nasenflügel und die weißen Lippen ... und wollte schon sagen: Ex ..., doch ich hielt mich glücklicherweise zurück ... Wieder das Pochen, dünn wie ein Fädchen.

So also erlischt ein zerfetzter Mensch, dachte ich, da ist nichts mehr zu machen.

Doch plötzlich sagte ich rauh und erkannte meine eigene Stimme nicht:

»Kampfer.«

Da beugte sich Anna Nikolajewna an mein Ohr und raunte:

»Wozu, Doktor? Quälen Sie sie nicht. Wozu jetzt noch spritzen? Gleich bleibt sie weg ... Sie können sie nicht retten.«

Wütend und finster drehte ich mich nach ihr um und sagte:

»Ich hatte um Kampfer gebeten.«

So daß Anna Nikolajewna errötend mit beleidigter Miene zum Tischchen eilte und eine Ampulle aufbrach.

Der Feldscher schien den Kampfer auch zu mißbilligen. Nichtsdestoweniger griff er rasch und geschickt nach der Spritze und drückte das gelbe Öl unter die Schulterhaut.

Stirb. Stirb schneller, dachte ich, stirb. Was soll ich sonst mit dir machen?

»Gleich stirbt sie«, flüsterte der Feldscher, als hätte er meine Gedanken erraten. Er schielte nach dem Laken, schien es sich aber anders überlegt zu haben: zu schade, das Laken blutig zu machen.

Doch in wenigen Augenblicken würden wir sie ohnehin zudecken müssen. Sie lag da wie ein Leichnam, aber sie starb nicht.

In meinem Kopf wurde es plötzlich hell, wie unter dem Glasdach unseres fernen Anatomiehörsaals.

»Noch mehr Kampfer«, krächzte ich.

Wieder injizierte der Feldscher gehorsam das Öl.

Am Ende stirbt sie nicht? dachte ich verzweifelt. Am Ende muß ich … Es wurde immer heller in meinem Gehirn, und plötzlich wußte ich ohne alle Lehrbücher, ohne Ratschläge, ohne Hilfe – und die Gewißheit, daß ich es wußte, war fest wie Eisen –, daß ich jetzt gleich zum erstenmal in meinem Leben an einer Sterbenden eine Amputation vornehmen mußte. Sie würde mir unter dem Messer wegbleiben. Ach, sie würde unter dem Messer sterben. Sie hatte doch gar kein Blut mehr! Zehn Werst lang war Blut aus dem zerschmetterten Bein geströmt, und man konnte nicht einmal wissen, ob sie jetzt noch etwas fühlte oder hörte. Sie schwieg. Ach, warum stirbt sie nicht? Was wird mir der verzweifelte Vater sagen?

»Alles fertigmachen zur Amputation«, sagte ich mit fremder Stimme zum Feldscher.

Die Hebamme sah mich mit irrem Blick an, aber der Feldscher hatte ein Fünkchen Mitgefühl in den Augen, hastig legte er die Instrumente zurecht. Unter seinen Händen begann die Spiritusflamme zu summen …

Eine Viertelstunde verging. Mit abergläubischem Entsetzen hob ich das kalte Lid und blickte in das erloschene Auge. Ich kann nichts ausrichten. Wie soll ein halber Leichnam leben? Unaufhaltsam liefen mir salzige Schweißtropfen unter der weißen Kappe hervor über die Stirn, und Pelageja Iwanowna wischte sie mit Mull weg. Mit den Blutresten trieb jetzt auch Coffein durch die Adern des Mädchens. War es notwendig gewesen, dieses zu injizieren, oder nicht? Anna Nikolajewna strich sanft über die kleine Schwellung auf dem Schenkel des Mädchens. Das Mädchen lebte.

Ich nahm das Skalpell und bemühte mich, jemand nachzuahmen (einmal hatte ich auf der Universität eine Amputation gesehen). Jetzt flehte ich das Schicksal an, sie möchte in der nächsten halben Stunde nicht sterben. Soll sie nachher im Bett sterben, wenn ich mit der Operation fertig bin ... '

Statt meiner arbeitete nun mein gesunder Menschenverstand, angetrieben von der ungewöhnlichen Situation. Geschickt wie ein erfahrener Fleischer zog ich mit dem Skalpell einen Kreisschnitt um den Oberschenkel, die Haut klaffte auseinander, kein Tröpfchen Blut trat aus. Was mache ich, wenn die Gefäße zu bluten anfangen? dachte ich und schielte wie ein Wolf auf den Haufen Gefäßklemmen. Ich durchtrennte ein riesiges Stück Frauenfleisch und ein Gefäß in der Form eines weißlichen Röhrchens, doch noch immer kein Tropfen Blut. Ich klemmte die Ader ab und machte weiter. Überall, wo ich Adern vermutete, setzte ich Klemmen an. Arteria ..., arteria ..., verdammt, wie heißt sie noch? Der Operationsraum glich dem einer Klinik. In schweren Trauben hingen die Klemmen heraus. Mit Hilfe von Mull wurden sie samt dem Fleisch aufwärts gedrückt, und nun ging ich daran, mit einer spiegelblanken, kleinzähnigen Säge den freigelegten runden Knochen durchzusägen. Daß sie nicht stirbt? Erstaunlich ... Oh, wie zählebig ein Mensch doch ist!

Der Knochen fiel ab. In Demjan Lukitschs Händen verblieb, was einmal ein Mädchenbein gewesen. Fleischfetzen und Knochensplitter! All das wurde beiseite geworfen, und nun lag auf dem Operationstisch ein junges Mädchen, gleichsam um ein Drittel verkürzt, mit zur Seite gebogenem Stumpf. Warte noch ein bißchen, stirb nicht, dachte ich flehentlich. Halt aus, bis du im Bett liegst, laß mich wohlbehalten herauskommen aus diesem entsetzlichen Vorfall in meinem Leben.

Die Gefäße wurden abgebunden, dann nähte ich mit großen Stichen die Haut fest ... doch ich hielt wieder inne und legte, einer Eingebung folgend, ein Drain, das ich mit einem Mulltupfer verschloß. Der Schweiß floß mir in die Augen, und ich hatte ein Gefühl, als wäre ich im Dampfbad.

Ich verschnaufte. Warf einen schweren Blick auf den Stumpf und das wächserne Gesicht.

»Lebt sie?« fragte ich.

»Sie lebt«, flüsterten der Feldscher und Anna Nikolajewna. »Sie wird schon noch ein Minütchen leben«, raunte mir der Feldscher lautlos, nur mit den Lippen ins Ohr. Dann stockte er und riet mir taktvoll: »Das andere Bein sollten Sie vielleicht so lassen, Doktor. Wissen Sie, wir wickeln Mull herum, sonst schafft sie es nicht bis zum Bett. Was meinen Sie? Immer noch besser, wenn sie nicht auf dem Operationstisch stirbt.«

»Bringt Gips«, antwortete ich heiser, von einer unbekannten Kraft gedrängt.

Der ganze Fußboden war weiß bekleckert, wir alle schwitzten. Das halbtote Mädchen lag reglos. Das rechte Bein war eingegipst, und an der Bruchstelle des Unterschenkels klaffte ein Fensterchen, das ich in einer Eingebung offengelassen hatte.

»Sie lebt«, krächzte der Feldscher verwundert.

Nun wurde sie aufgehoben, unter dem Laken zeichnete sich eine gigantische Einbuchtung ab – ein Drittel ihres Körpers blieb im Operationssaal zurück.

Schatten bewegten sich im Korridor, die Nachtschwestern huschten hin und her, und ich sah eine zerzauste Männergestalt unter trockenem Geheul die Wand entlangschleichen. Sie brachten den Mann hinaus. Es wurde still.

Ich wusch mir im Operationssaal die bis zum Ellbogen blutigen Arme.

»Doktor, Sie haben wohl schon viele Amputationen gemacht?« fragte plötzlich Anna Nikolajewna. »Sehr, sehr gut. Nicht schlechter als Leopold ...«

Aus ihrem Mund klang das Wort »Leopold« immer wie »großer Meister«.

Unter gesenkten Brauen hervor blickte ich in die Gesichter. Sowohl in Demjan Lukitschs als auch in Pelageja Iwanownas Augen sah ich Respekt und Verwunderung.

»Hm ... ich ... Sehen Sie, erst zwei ...«

Warum habe ich gelogen? Das ist mir heute unbegreiflich. Das Krankenhaus wurde still. Ganz still.

»Wenn sie stirbt, holt ihr mich sofort«, befahl ich halblaut dem Feldscher, und er antwortete nicht »gut«, sondern respektvoll: »Zu Befehl.«

Ein paar Minuten darauf saß ich neben der grünen Lampe im Arbeitszimmer der Arztwohnung. Das Haus schwieg.

Mein bleiches Gesicht spiegelte sich im tiefschwarzen Fensterglas. Nein, ich bin kein falscher Demetrius, und sehen Sie, ich bin irgendwie gealtert. Die Falte über der Nasenwurzel ... Gleich wird man klopfen und sagen: Sie ist tot ...

Ja, ich gehe hin und sehe sie mir noch einmal an ... Gleich klopft es ...

Es klopfte. Zweieinhalb Monate später. Draußen glänzte einer der ersten Wintertage.

Er trat ein.

Erst jetzt sah ich ihn mir genauer an. Ja, er hatte wirklich regelmäßige Gesichtszüge. War etwa fünfundvierzig Jahre alt. Die Augen strahlten.

Dann raschelte es ... auf zwei Krücken humpelte ein einbeiniges junges Mädchen von bezaubernder Schönheit herein, sie trug einen weiten Rock mit rotem Bortensaum.

Sie blickte mich an, ein rosiger Hauch stieg ihr in die Wangen.

»In Moskau ... in Moskau ...« Ich schrieb die Adresse auf. »Dort macht man Ihnen eine Prothese, ein künstliches Bein.«

»Küsse ihm die Hand«, sagte plötzlich der Vater.

Ich war so verwirrt, daß ich ihr statt der Lippen die Nase küßte.

Sodann band sie, an den Krücken hängend, ein Bündel auf, und heraus fiel ein langes schneeweißes Handtuch mit einem kunstlos eingestickten roten Hahn. Dies also hatte sie bei den Visiten unterm Kissen versteckt. Richtig, ich erinnere mich, auf dem Nachttisch lagen Fäden.

»Ich nehm's nicht«, sagte ich rauh und schüttelte sogar den Kopf. Aber sie machte ein Gesicht und bekam solche Augen, daß ich es doch nahm.

Viele Jahre lang hing es in meinem Schlafzimmer in Murjewo und ging dann mit mir auf Reisen. Zuletzt wurde es mürb, verwetzt und löchrig und verschwand, so wie auch Erinnerungen mürb werden und verschwinden.

1926

Die stählerne Kehle

Nun war ich also allein. Rings um mich Novemberfinsternis mit stöberndem Schnee, das Haus verweht, in den Schornsteinen heulte es. Die vierundzwanzig Jahre meines Lebens hatte ich in einer riesigen Stadt verbracht, und ich hatte geglaubt, der Schneesturm heule nur in Romanen. Jetzt stellte sich heraus, er heulte tatsächlich. Die Abende hier waren ungewöhnlich lang, die Lampe mit dem blauen Schirm spiegelte sich im schwarzen Fenster, und ich starrte träumend auf den Lichtfleck zu meiner Linken. Ich träumte von der Kreisstadt, vierzig Werst von mir entfernt gelegen. Am liebsten wäre ich von meinem Revier dorthin geflüchtet. Dort gab es Elektrizität, dort waren vier Ärzte, mit denen man sich beraten konnte, auf jeden Fall war es nicht so beängstigend. Aber die Flucht war ganz unmöglich, und zuzeiten begriff ich selber, daß dies Kleinmut war. Weshalb hatte ich denn an der medizinischen Fakultät studiert?

Nun, und wenn eine Frau mit einer komplizierten Entbindung gebracht wird? Oder vielleicht ein Patient mit einem eingeklemmten Bruch? Was mache ich dann? So ratet mir doch, bitte schön. Vor achtundvierzig Tagen habe ich das Studium mit Auszeichnung beendet, aber die Auszeichnung ist eines, ein Bruch aber etwas anderes. Ein einziges Mal habe ich gesehen, wie der Professor einen eingeklemmten Bruch operierte. Er machte die Operation, ich saß im Hörsaal. Das ist alles ...

Der Gedanke an den Bruch jagte mir mehr als einmal kalten Schweiß die Wirbelsäule hinunter. Allabendlich, wenn ich mich an Tee satt getrunken hatte, saß ich in derselben Pose da: links von mir alle möglichen Nachschlagewerke über operative Geburtshilfe, obenauf der kleine Döderlein. Rechts von mir ein Dutzend Bände über Operationschirurgie mit Zeichnungen. Ich krächzte, rauchte, trank kalten schwarzen Tee.

Dann schlief ich ein. Ganz deutlich erinnere ich mich an diese Nacht des 29. November. Ich erwachte von einem Gepolter an der Tür. Fünf Minuten später zog ich mir die Hose an und ließ dabei den flehenden Blick nicht von den göttlichen Büchern über Operationschirurgie. Vom Hof her hörte ich Schlittenkufen knirschen, meine Ohren waren hellhörig wie nie. Jetzt kam es wohl noch viel schlimmer, als ein Bruch es wäre, schlimmer als eine Querlage: Man brachte mir um elf Uhr nachts ein kleines Mädchen ins Krankenhaus Nikolskaja. Die Nachtschwester sagte dumpf:

»Das Kind ist schwach, wird wohl sterben. Kommen Sie ins Krankenhaus, Doktor.«

Ich weiß noch, wie ich den Hof überquerte, auf die Petroleumlaterne am Krankenhauseingang zuging und sie wie verzaubert zwinkern sah. Im Sprechzimmer war Licht, und alle meine Helfer erwarteten mich angekleidet und im Kittel. Es waren: der Feldscher Demjan Lukitsch, ein noch junger, doch sehr fähiger Mann, und die beiden erfahrenen Geburtshelferinnen Anna Nikolajewna und Pelageja Iwanowna. Ich selbst war erst vierundzwanzig. Vor zwei Monaten von der Universität entlassen und dazu bestimmt, das Krankenhaus Nikolskaja zu leiten.

Der Feldscher öffnete gewichtig die Tür, und die Mutter erschien. Gleitend kam sie in ihren Filzstiefeln herein, und der Schnee auf ihrem Tuch war noch nicht geschmolzen. In den Händen hielt sie ein Bündel, das gleichmäßig pfiff und zischte. Das Gesicht der Mutter war verzerrt, sie weinte lautlos. Nachdem sie Pelz und Tuch abgelegt und das Bündel aufgewickelt hatte, sah ich ein etwa dreijähriges Mädchen. Ich betrachtete es und vergaß zeitweilig die Operationschirurgie, die Einsamkeit, meinen untauglichen Uniballast, vergaß entschieden alles, so schön war das Mädchen. Womit könnte ich es vergleichen? Nur auf Konfektschachteln malt man solche Kindergesichter mit Naturlocken wie reife Roggenähren. Die Augen blau, riesengroß, die Wangen puppenhaft. Engel werden so gemalt.

Nur nistete auf dem Grund der Augen eine seltsame Trübheit, und ich begriff, daß dies Angst war, denn das Kind bekam keine Luft. In einer Stunde ist es tot, dachte ich überzeugt, und mein Herz krampfte sich schmerzlich zusammen.

Jeder Atemzug zog Grübchen in den Hals des Mädchens, die Adern schwollen, die Gesichtsfarbe wechselte von Rosa zu leichtem Lila. Diese Färbung sagte mir genug. Ich wußte sogleich, was los war, und stellte meine erste Diagnose völlig richtig und vor allem im selben Moment wie die erfahrenen Hebammen: »Das Mädchen hat Diphtherie, der Hals ist schon von den Membranen verengt und wird bald ganz zu sein.«

»Seit wieviel Tagen ist das Mädchen krank?« fragte ich unter dem gespannten Schweigen meines Personals.

»Seit fünf Tagen, seit fünf Tagen«, sagte die Mutter und sah mich mit trockenen Augen groß an.

»Diphtherie«, sagte ich dem Feldscher durch die Zähne, dann wandte ich mich an die Mutter:

»Was hast du dir dabei gedacht? Was hast du dir bloß gedacht?« Währenddessen ertönte hinter mir eine weinerliche Stimme:

»Seit fünf Tagen, Väterchen!«

Ich drehte mich um und erblickte eine leise, rundgesichtige, in ein Tuch gewickelte Oma. Wie schön, wenn solche Omas nicht auf der Welt wären, dachte ich in einer trüben Vorahnung von Gefahr und sagte: »Sei still, Oma, du störst.« Dann wiederholte ich zur Mutter: »Was hast du dir dabei gedacht? Fünf Tage schon? Na?«

Auf einmal reichte die Mutter mit einer mechanischen Bewegung das Mädchen der Oma und kniete vor mir nieder.

»Gib ihr Tropfen«, sagte sie und stieß mit der Stirn auf den Fußboden, »wenn sie stirbt, hänge ich mich auf.«

»Komm sofort hoch«, antwortete ich, »sonst rede ich überhaupt nicht mehr mit dir.«

Die Mutter erhob sich flink, wobei ihr weiter Rock raschelte, nahm der Oma das Kind ab und wiegte es. Die

Oma betete am Türrahmen. Des Mädchens Atem zischte wie eine Schlange. Der Feldscher sagte:

»So machen sie's alle. Dieses Volk.« Dabei zog sich sein Schnurrbart zur Seite.

»Was ist, muß sie sterben?« fragte die Mutter und sah mich, wie mir schien, mit finsterer Wut an.

»Ja«, sagte ich halblaut und fest.

Sogleich hob die Oma den Rocksaum und wischte sich damit die Augen. Die Mutter aber schrie mich böse an:

»Hilf ihr! Gib ihr Tropfen!«

Ich sah klar, was mich erwartete, und blieb fest. »Was für Tropfen soll ich ihr geben? Sag mir das mal. Das Mädchen erstickt, der Hals ist schon zu. Fünf Tage lang hast du sie gequält, dabei sind es bloß fünfzehn Werst bis zu mir. Was soll ich jetzt machen?«

»Das weißt du besser, Väterchen«, jammerte die Oma links von mir gekünstelt, und ich empfand sogleich Haß auf sie.

»Sei still!« sagte ich zu ihr. Dann wandte ich mich an den Feldscher und befahl ihm, das Mädchen zu nehmen. Die Mutter reichte es der Hebamme, es begann zu strampeln und wollte sichtlich schreien, doch die Stimme drang nicht mehr durch. Die Mutter wollte es beschützen, doch wir schoben sie beiseite, und es gelang mir, dem Mädchen beim Licht der Operationslampe in den Hals zu blicken. Noch nie hatte ich Diphtherie gesehen, außer leichten und bald vergessenen Fällen. Ich erblickte im Hals etwas Weißes, Gluckerndes, Zerrissenes. Plötzlich warf das Mädchen Spucke aus, mir ins Gesicht, doch ich erschrak nicht, denn mich beschäftigte ein Gedanke.

»Hört zu«, sagte ich und wunderte mich über meine Ruhe, »es steht folgendermaßen: Es ist zu spät. Das Mädchen stirbt. Nichts kann ihr helfen außer einer Operation.«

Es entsetzte mich, dies gesagt zu haben, doch ich mußte es sagen. Und wenn die zustimmen? durchfuhr es mich.

»Wie denn?« fragte die Mutter.

»Ich muß hier unten die Kehle aufschneiden und ein Silberröhrchen einsetzen, damit die Kleine wieder atmen kann, dann kommt sie vielleicht durch«, erklärte ich.

Die Mutter sah mich an wie einen Irren, schützend hielt sie die Hände über das Mädchen, und die Oma brabbelte los:

»Was sagst du da? Laß es nicht zu! Was? Den Hals aufschneiden?«

»Raus, Oma!« sagte ich haßerfüllt zu ihr. »Kampfer!« befahl ich dem Feldscher. Die Mutter hielt das Mädchen fest, als sie die Spritze sah, doch wir erklärten ihr, dabei sei nichts Schlimmes.

»Vielleicht hilft es ihr?« fragte sie.

»Es hilft ihr überhaupt nicht.«

Da brach die Mutter in Schluchzen aus.

»Hör auf«, sagte ich, zog die Uhr und fügte hinzu: »Ihr habt fünf Minuten Zeit zum Überlegen. Wenn ihr dann nicht zustimmt, mache ich keinen Finger krumm.«

»Ich bin nicht einverstanden!« sagte die Mutter heftig.

»Wir geben unsere Zustimmung nicht!« fügte die Oma hinzu.

»Nun, wie ihr wollt«, sagte ich dumpf und dachte dabei: So, das war's! Um so besser für mich. Ich habe es gesagt und vorgeschlagen, und die Hebammen reißen erstaunt die Augen auf. Die beiden Frauen haben abgelehnt, und ich bin gerettet. Kaum hatte ich dies gedacht, als ein anderer statt meiner mit fremder Stimme sagte:

»Was ist los, habt ihr den Verstand verloren? Wie könnt ihr das ablehnen? Ihr bringt das Mädchen um. Stimmt zu. Tut sie euch nicht leid?«

»Nein!« rief die Mutter wieder.

Im stillen dachte ich: Was mache ich da? Ich werde das Mädchen zu Tode schneiden. Aber ich sagte etwas anderes:

»Los, schneller, entscheidet euch! Stimmt zu! Bei dem Kind werden ja schon die Nägel blau.«

»Nein! Nein!«

»Nun, wie ihr wollt. Bringt sie ins Krankenzimmer, sollen sie dort sitzen.«

Die beiden Frauen wurden durch den halbdunklen Korridor geführt. Ich hörte sie weinen und das Mädchen winseln. Der Feldscher kehrte sogleich zurück und sagte:

»Sie sind einverstanden!«

Ich wurde innerlich zu Stein, doch ich sagte deutlich:

»Sofort Messer, Schere, Haken und Sonden sterilisieren!«

Gleich darauf lief ich über den Hof, wo dämonisch der Schneesturm brauste und zerrte, eilte in mein Zimmer, griff, die Minuten zählend, nach dem Buch, blätterte, fand die Zeichnung des Luftröhrenschnitts. Auf der Zeichnung war alles klar und einfach: Der Hals ist geöffnet, das Messer dringt in die Luftröhre ein. Ich las den Text, doch ich begriff nichts, die Worte hüpften mir vor den Augen. Noch nie hatte ich gesehen, wie der Luftröhrenschnitt gemacht wird. Ach was, jetzt ist es zu spät, dachte ich, blickte wehmütig auf die blaue Farbe der bunten Zeichnung und fühlte eine schwere, schreckliche Last sich auf mich wälzen. Ohne den Schneesturm zu bemerken, kehrte ich ins Krankenhaus zurück.

Im Sprechzimmer heftete sich ein Schatten mit runden Röcken an mich, und eine Stimme ningelte:

»Väterchen, willst du dem Kind wirklich die Kehle aufschneiden? Geht denn das überhaupt? Das dumme Weib hat zugestimmt. Aber ich bin nicht einverstanden, nein. Mit Tropfen kannst du sie heilen, aber die Kehle aufschneiden, das laß ich nicht zu.«

»Schafft die Oma raus!« brüllte ich und fügte heftig hinzu: »Du bist ein dummes Weib! Du selber! Sie ist klug! Und überhaupt, dich hat keiner gefragt! Schafft sie raus!«

Die Hebamme legte der Oma fest den Arm um die Schulter und schob sie aus dem Zimmer.

»Fertig!« sagte der Feldscher.

Wir betraten den kleinen Operationsraum, und ich sah wie durch einen Schleier die funkelnden Instrumente, die blendhelle Lampe, das Wachstuch… Noch einmal ging ich hinaus zu der Mutter, der wir das Mädchen kaum entreißen konnten. Ich hörte ihre heisere Stimme:

»Mein Mann ist nicht da. Er ist in der Stadt. Wenn er zurückkommt und erfährt, was ich angerichtet habe, bringt er mich um.«

»Er bringt sie um«, echote die Oma und sah mich entsetzt an.

»Laßt sie nicht in den Operationsraum!« befahl ich.

Wir blieben im Operationsraum allein. Das Personal, ich und Lidka, die kleine Patientin. Nackt saß sie auf dem Tisch und weinte lautlos. Wir legten sie hin, drückten sie nieder, wuschen ihr den Hals und rieben ihn mit Jod ab. Ich nahm das Messer, dabei dachte ich: Was mache ich da? Im Operationsraum war es sehr still. Ich nahm das Messer und zog einen vertikalen Schnitt über den rundlichen Hals. Nicht ein Tropfen Blut trat aus. Noch einmal zog ich das Messer durch den weißen Streifen der klaffenden Haut. Wieder kein Tröpfchen Blut. Langsam, bemüht, mich an die Zeichnungen im Atlas zu erinnern, teilte ich mit einer stumpfen Sonde die zarten Gewebe. Da schoß auf einmal dunkles Blut aus der Wunde, überströmte im Nu den ganzen Schnitt und floß den Hals hinunter. Der Feldscher wischte es mit Tupfern weg, doch es floß immer weiter. Ich erinnerte mich an alles, was ich auf der Universität gesehen hatte, und klemmte die Wundränder ab, doch es half nichts.

Mir wurde kalt, die Stirn bedeckte sich mit Schweiß. Ich bereute heftig, jemals die medizinische Fakultät bezogen zu haben und dann in diese Einöde gegangen zu sein. Mit wütender Verzweiflung setzte ich auf gut Glück die Klemme am unteren Wundwinkel an und klemmte sie zu, und sofort hörte das Blut auf zu fließen. Wir saugten die Wunde mit Mulläppchen trocken, und nun lag sie sauber und gänzlich unbegreiflich vor mir. Die Luftröhre war nicht zu sehen. Mein Schnitt hatte nicht die geringste Ähnlichkeit mit den Zeichnungen. Weitere zwei oder drei

Minuten vergingen, während ich völlig mechanisch und sinnlos bald mit dem Messer, bald mit der Sonde in der Wunde stocherte, um die Luftröhre zu finden. Schließlich gab ich auf. Aus, dachte ich, wozu habe ich das getan? Ich hätte doch gar keine Operation vorzuschlagen brauchen, dann wäre Lidka ruhig im Krankenzimmer gestorben. Jetzt stirbt sie mit aufgerissener Kehle, und ich kann niemals und durch nichts beweisen, daß sie sowieso gestorben wäre und ich ihr gar keinen Schaden mehr tun konnte. Die Hebamme wischte mir schweigend die Stirn. Gleich lege ich das Messer hin und sage: Ich weiß nicht weiter. Dies ging mir durch den Kopf, und ich sah die Augen der Mutter vor mir. Wieder hob ich das Messer und zog einen tiefen und scharfen Schnitt. Die Gewebe traten auseinander, und plötzlich lag die Luftröhre vor mir.

»Haken!« warf ich heiser hin.

Der Feldscher reichte sie mir zu. Einen Haken schob ich von der einen Seite hinein, den zweiten von der andern Seite, dann reichte ich ihm den einen. Jetzt sah ich nur noch eines: die hellgrauen Knorpelspangen der Luftröhre. Ich setzte das scharfe Messer auf die Luftröhre – und erstarrte. Die Röhre hob sich aus der Wunde, und mir schoß durch den Kopf, der Feldscher müsse den Verstand verloren haben, daß er sie plötzlich herausriß. Die beiden Hebammen hinter mir stöhnten. Ich blickte auf und begriff: Dem Feldscher war von der Stickluft schlecht geworden, er fiel in Ohnmacht, ohne den Haken loszulassen, und zerrte dadurch die Luftröhre heraus. Gegen mich hat sich aber auch alles verschworen, dachte ich, jetzt haben wir Lidka zweifellos zu Tode geschnitten. Und streng dachte ich weiter: Gleich geh ich nach Hause und erschieße mich. Da warf sich die ältere Hebamme, die offenbar große Erfahrung hatte, raubtierartig auf den Feldscher und nahm ihm den Haken ab, dann stieß sie durch die Zähne:

»Machen Sie weiter, Doktor.«

Der Feldscher polterte zu Boden, doch wir achteten nicht auf ihn. Ich schnitt die Luftröhre auf und setzte das

Silberröhrchen ein. Leicht glitt es hinein, doch Lidka blieb reglos. Sie bekam noch keine Luft, wie es hätte sein müssen. Mit einem tiefen Seufzer hielt ich inne: Mehr konnte ich nicht tun. Ich wollte jemanden um Verzeihung bitten, wollte bereuen, so leichtsinnig gewesen zu sein und die medizinische Fakultät besucht zu haben. Schweigen herrschte. Ich sah Lidka blau anlaufen. Schon wollte ich alles hinschmeißen und in Tränen ausbrechen, als Lidka plötzlich heftig zuckte und durch das Röhrchen Schleim auswarf, dann drang die Luft pfeifend in den Hals, das Mädchen begann zu atmen und weinte los. In diesem Moment rappelte sich der Feldscher auf, bleich und verschwitzt, blickte stumpfsinnig und voller Entsetzen auf die Kehle und half mir beim Vernähen.

Durch meine Müdigkeit und den Schweiß, der mir in die Augen lief, sah ich die glücklichen Gesichter der Hebammen wie durch einen Schleier, und eine von ihnen sagte zu mir:

»Die Operation haben Sie großartig gemacht, Doktor.«

Ich dachte, sie mache sich über mich lustig, und warf ihr unter gesenkten Brauen einen finsteren Blick zu. Dann wurde die Tür geöffnet. Frische wehte herein. Lidka wurde im Laken hinausgetragen, und sogleich erschien die Mutter. Sie machte Augen wie ein wildes Tier und fragte mich:

»Was ist?«

Als ich ihre Stimme hörte, rann mir Schweiß den Rücken hinunter, und erst jetzt wurde mir klar, was gewesen wäre, wenn Lidka auf dem Tisch den Tod gefunden hätte. Aber ich antwortete ihr mit sehr ruhiger Stimme.

»Beruhige dich. Sie lebt. Ich hoffe, sie kommt durch. Nur wird sie kein Wort sprechen, bis wir das Röhrchen herausgenommen haben, also hab keine Angst.«

Da war auch, wie aus der Erde gewachsen, die Oma zur Stelle, sie bekreuzigte die Türklinke, mich, die Zimmerdecke. Aber ich war ihr nicht mehr böse. Ich wandte mich ab und befahl, Lidka eine Kampferspritze zu geben und umschichtig bei ihr zu wachen. Dann ging ich über den

Hof in meine Wohnung. Ich weiß noch, daß in meinem Zimmer blaues Licht brannte, daß der Döderlein und die anderen Bücher herumlagen. Angezogen legte ich mich aufs Sofa, und sofort verschwand alles, ich schlief ein und hatte nicht einmal Träume.

Ein Monat verging, ein zweiter. Ich hatte vieles gesehen, auch schlimmere Fälle als Lidkas Luftröhre. Diese hatte ich schon fast vergessen. Ringsum war alles verschneit, in die Sprechstunde kamen von Tag zu Tag mehr Patienten. Eines Tages, es war schon im neuen Jahr, trat eine Frau ins Sprechzimmer und führte ein kleines Mädchen an der Hand, so sehr eingemummt, daß es wie ein Prellstein aussah. Die Frau strahlte. Ich blickte genauer hin und erkannte das Kind.

»Ah, Lidka! Na, wie geht's?«

»Gut.«

Lidkas Hals wurde ausgewickelt. Sie war befangen und ängstlich, doch es gelang mir, ihr das Kinn hochzuheben und ihren rosigen Hals anzusehen. Er hatte eine bräunliche vertikale Narbe und zwei Quernarben von der Naht.

»Alles in Ordnung«, sagte ich. »Ihr braucht nicht mehr zu kommen.«

»Ich danke Ihnen, Doktor, besten Dank«, sagte die Mutter, dann befahl sie Lidka: »Sag dem Onkel Dankeschön!«

Aber Lidka wünschte nichts zu sagen.

Ich habe sie nie wiedergesehen und vergaß sie allmählich. In meine Sprechstunde drängten immer mehr Patienten. Eines Tages waren es hundertzehn. Wir fingen morgens um neun an und machten um acht Uhr abends Schluß. Taumelnd zog ich den Kittel aus. Die ältere Hebamme, die auch Feldscherin war, sagte zu mir:

»Diesen Andrang haben Sie dem Luftröhrenschnitt zu verdanken. Wissen Sie, was in den Dörfern geredet wird? Sie hätten der kranken Lidka statt der Luftröhre ein Stahlröhrchen eingesetzt und zugenäht. Manche fahren eigens in das Dorf, um das Kind zu sehen. Sie sind berühmt, Doktor, gratuliere.«

»Sie lebt also mit der Stahlkehle?« fragte ich.

»Jawohl. Und Sie sind sehr tüchtig, Doktor. Wie kaltblütig Sie das machen, eine Pracht!«

»Tja … Wissen Sie, ich rege mich niemals auf«, sagte ich und wußte nicht, warum. Doch ich spürte, daß ich vor Müdigkeit nicht einmal mehr Scham empfinden konnte, ich wandte nur den Blick ab. Dann verabschiedete ich mich und ging in meine Wohnung. Dichter Schnee fiel und deckte alles zu, die Lampe brannte, und mein Haus war einsam, ruhig und bedeutungsvoll. Und wie ich so ging, wollte ich nur eines – schlafen.

1925

Die Tage im Krankenhaus N. gingen hin, und ich ge-
wöhnte mich allmählich an mein neues Leben.

In den Dörfern wurde noch immer Flachs gebrochen,
die Straßen blieben unpassierbar, und in meine Sprechstunde kamen höchstens fünf Patienten. Die Abende
waren gänzlich frei, und ich benutzte sie, um die Bibliothek zu sichten, chirurgische Fachbücher durchzuackern
und am leise summenden Samowar lange und einsam Tee
zu trinken.

Ganze Tage und Nächte pladderte es ununterbrochen,
die Regentropfen trommelten unaufhörlich aufs Dach, und
unter meinem Fenster schoß das Wasser durch die Regen-
rinne in die Tonne. Nichts als Matsch, Nebel und schwarze
Finsternis, durch die als trüb verschwommene Flecke die
Fenster des Feldscherhäuschens und die Petroleumlaterne
am Tor schimmerten. An einem dieser Abende saß ich in
meinem Zimmer über einem Atlas topographischer Anato-
mie. Es war völlig still, nur ab und zu hörte ich im Eßzimmer
die Mäuse hinterm Büfett knabbern.

Ich las, bis mir die schwer gewordenen Lider zufielen.
Endlich stellte ich gähnend den Atlas weg. Mich reckend
und im vorhinein den friedlichen Schlaf auskostend, ging
ich unter dem Trommeln des Regens in mein Schlafzimmer, zog mich aus und legte mich hin.

Noch hatte mein Kopf nicht das Kissen berührt, als in
dem schläfrigen Nebel das Gesicht der siebzehnjährigen
Anna Prochorowa aus dem Dorf Toropowo vor mir auf-
tauchte. Ein Zahn mußte ihr gezogen werden. Lautlos
schwebte der Feldscher Demjan Lukitsch mit der glänzenden Zange in der Hand vorüber. Mir fiel ein, daß er »ein
solcher« statt »so einer« sagte, aus Vorliebe für den geho-
benen Stil, und ich schlief lachend ein.

Jedoch höchstens eine halbe Stunde später wurde ich
plötzlich munter, als habe mich jemand wachgerüttelt, ich

setzte mich hoch, starrte erschrocken in die Dunkelheit und horchte.

Laut und hartnäckig hämmerte jemand gegen die Außentür, und diese Schläge erschienen mir sogleich unheildrohend.

Dann klopfte es an der Wohnungstür.

Das Klopfen verstummte, der Riegel klirrte, ich hörte die Stimme der Köchin, eine undeutliche Stimme antwortete, dann kam jemand die knarrende Treppe hoch, schritt leise durchs Arbeitszimmer und klopfte an meine Schlafzimmertür.

»Wer ist da?«

»Ich bin's«, antwortete mir ein respektvolles Flüstern, »ich, Axinia, die Nachtschwester.«

»Was gibt's?«

»Anna Nikolajewna schickt nach Ihnen, Sie möchten gleich ins Krankenhaus kommen.«

»Was ist denn passiert?« fragte ich und fühlte einen Stich im Herzen.

»Eine Frau aus Dulzewo ist gebracht worden. Komplizierte Entbindung.«

Da haben wir's. Jetzt geht's los! durchfuhr es mich, und meine Füße konnten die Pantoffeln nicht finden. Verdammt! Die Streichhölzer brennen nicht. Na schön, früher oder später mußte das ja passieren. Es geht nicht ein Leben lang mit Kehlkopfentzündungen und Magenkatarrhen ab.

»Gut. Geh zurück und sag, ich komme gleich!« rief ich und stieg aus dem Bett. Draußen schlurften Axinias Schritte davon, dann klirrte wieder der Riegel. Die Schläfrigkeit war wie weggeblasen. Hastig, mit zitternden Fingern zündete ich die Lampe an und warf die Kleider über. Halb zwölf ... Was mochte sie haben, die Frau mit der komplizierten Entbindung? Hm ... regelwidrige Lage ... zu enges Becken ... Vielleicht auch noch schlimmer. Am Ende mußte ich die Zange benutzen. Ob ich sie gleich in die Stadt schickte? Undenkbar! Ein schöner Arzt, würden alle sagen! Ich hatte auch gar nicht das Recht dazu. Nein, ich mußte es selber machen. Aber was? Weiß der Teufel. Schlimm ist nur, wenn ich den Kopf verliere, peinlich vor den Hebammen. Aber wollen erst mal nachsehen, wozu sich voreilig aufregen.

Ich zog mich also an, hängte mir den Mantel um und lief in der geheimen Hoffnung, es würde schon alles gut gehen, durch den Regen über die klatschenden Bretter zum Krankenhaus. Im Halbdunkel vor dem Eingang stand ein Wagen, das Pferd schlug mit dem Huf auf die morschen Bretter.

»Sie haben wohl die werdende Mutter gebracht?« fragte ich die Gestalt, die sich bei dem Pferd bewegte.

»Ja, gewiß doch, Väterchen«, antwortete eine klägliche Frauenstimme.

Im Krankenhaus herrschte trotz der späten Stunde geschäftiges Treiben. Im Sprechzimmer brannte zwinkernd die Lampe. In dem kleinen Korridor, der zum Kreißsaal führte, huschte Axinia mit einer Schüssel an mir vorbei. Hinter der Tür ertönte schwaches Stöhnen und verstummte. Ich öffnete die Tür und betrat den Entbindungsraum. Das weißgetünchte kleine Zimmer war von der Deckenlampe hell erleuchtet. Auf einem Bett neben dem Operationstisch lag, bis zum Hals zugedeckt, eine junge Frau. Ihr Gesicht war zu einer schmerzlichen Grimasse verzerrt, feuchte Haarsträhnen klebten an ihrer Stirn. Anna Nikolajewna, ein Fieberthermometer in der Hand, richtete in einem Esmarchschen Becher Lösung an, und die zweite Hebamme, Pelageja Iwanowna, holte saubere Laken aus dem Schränkchen. Der Feldscher stand, an die Wand gelehnt, in Napoleonpose da. Bei meinem Anblick fuhren alle auf. Die Kreißende öffnete die Augen, rang die Hände und stöhnte wieder kläglich und langgezogen.

»Na, was haben wir denn?« fragte ich und wunderte mich, wie ruhig und zuversichtlich meine Stimme klang.

»Querlage«, antwortete Anna Nikolajewna rasch, wobei sie weiterhin Wasser in die Lösung gab.

»Soso«, sagte ich gedehnt und runzelte die Stirn, »na, dann wollen wir mal sehen.«

»Axinia, dem Doktor die Hände waschen!« rief Anna Nikolajewna. Ihr Gesicht war ernst und feierlich.

Während das Wasser floß und mir den Schaum von den rotgebürsteten Händen spülte, stellte ich Anna Nikolajewna ein paar unbedeutende Fragen, in der Art, ob die Kreißende schon lange hier sei und woher sie komme. Pelageja Iwanowna schlug die Decke zurück, ich setzte mich auf den Bettrand und tastete sacht den gewölbten Bauch ab. Die Frau stöhnte, streckte sich, krallte die Finger ins Laken.

»Ruhig, schön ruhig, Geduld«, sagte ich, während ich die Hände auf die straffgespannte, heiße und trockene Haut legte. Nachdem mir die erfahrene Anna Nikolajewna den Befund souffliert hatte, war diese Untersuchung eigentlich überflüssig. Ich konnte untersuchen, soviel ich wollte, mehr als Anna Nikolajewna brachte ich ohnehin nicht heraus. Selbstverständlich war ihre Diagnose richtig: Querlage. Klarer Fall. Aber was nun weiter?

Stirnrunzelnd fuhr ich fort, den Bauch von allen Seiten abzutasten, und warf verstohlene Blicke in die Gesichter der Hebammen. Beide waren ernst und konzentriert, und ich las in ihren Augen Billigung meines Tuns. Tatsächlich waren meine Bewegungen sicher und richtig, und ich bemühte mich, meine Nervosität so gut wie möglich zu verbergen.

»So«, sagte ich seufzend und stand vom Bett auf, denn von außen war weiter nichts festzustellen, »untersuchen wir mal von innen.«

Wieder sah ich Billigung in Anna Nikolajewnas Augen.

»Axinia!«

Wieder floß das Wasser.

Ach, jetzt im Döderlein nachlesen! dachte ich wehmütig, indes ich mir die Hände einseifte. Doch leider war das unmöglich. Was hätte er mir in diesem Moment auch helfen können? Ich spülte den dicken Schaum weg und rieb mir die Finger mit Jod ab. Ein sauberes Laken raschelte in Pelageja Iwanownas Händen; über die Kreißende gebeugt, nahm ich behutsam und zaghaft die innere Untersuchung vor.

In meiner Erinnerung tauchte unwillkürlich der Operationssaal in der Geburtsklinik auf. Hell leuchtende Birnen in Mattglaskugeln, glänzender Fliesenfußboden, überall funkelnde Wasserhähne und Instrumente. Der Assistent im schneeweißen Kittel bemüht sich um die Kreißende, umstanden von drei Stationsärzten, von Praktikanten und einer Menge Studenten. Schön, hell und gefahrlos.

Hier hingegen war ich mutterseelenallein für eine schmerzgepeinigte Frau verantwortlich. Wie ich ihr helfen sollte, wußte ich jedoch nicht, denn ich hatte erst zweimal eine Entbindung in der Klinik gesehen, und beide waren normal verlaufen. Jetzt nahm ich eine Untersuchung vor, doch davon wurde weder mir noch der Kreißenden leichter; ich begriff überhaupt nichts und konnte in ihrem Innern auch nichts ertasten.

Dennoch war es an der Zeit, einen Entschluß zu fassen.

»Querlage ... Bei Querlage müssen wir also ... müssen wir also ...«

»Eine Wendung auf den Fuß«, bemerkte Anna Nikolajewna ungeduldig und gleichsam für sich.

Ein alter erfahrener Arzt hätte ihr für diese voreilige Bemerkung einen mißbilligenden Blick zugeworfen, doch ich war nicht so empfindlich ...

»Ja«, bestätigte ich vielsagend, »eine Wendung auf den Fuß.«

Vor meinen Augen erschienen die Buchseiten von Döderlein. Direkte Wendung ... Kombinierte Wendung ... Indirekte Wendung ...

Seiten, Seiten ... und Zeichnungen. Becken, verkrümmte, zusammengedrückte Säuglinge mit riesigen Köpfen ... Ein heraushängendes Ärmchen, daran eine Schlinge.

Ich hatte doch erst kürzlich im Döderlein gelesen. Hatte noch einzelne Stellen unterstrichen, mich aufmerksam in jedes Wort hineingedacht, mir das Zusammenwirken der Teile und die verschiedenen Methoden vorgestellt. Und ich hatte mir beim Lesen eingebildet, der ganze Text wäre für alle Zeiten in mein Gehirn geprägt.

Jetzt aber trieb nur ein einziger gelesener Satz in der Erinnerung hoch:

»Da die Wendung stets eine für die Mutter gefahrvolle Operation ist …«

Was wahr ist, muß wahr bleiben. Eine gefahrvolle Operation sowohl für die Frau als auch für einen Arzt, der erst vor sechs Monaten die Universität verlassen hat.

»Also, dann wollen wir mal«, sagte ich und stand auf. Anna Nikolajewnas Gesicht wurde lebhaft.

»Demjan Lukitsch«, wandte sie sich an den Feldscher, »machen Sie Chloroform bereit.«

Ein Glück, daß sie dies sagte, denn ich war mir nicht ganz sicher gewesen, ob die Operation bei Narkose gemacht wird. Ja, natürlich bei Narkose, wie denn sonst!

Trotzdem mußte ich noch einmal in den Döderlein schauen. Während ich mir die Hände wusch, sagte ich:

»Nun gut, Sie bereiten alles für die Narkose vor und machen die Frau zurecht, ich geh inzwischen noch mal rüber, paar Zigaretten holen.«

»Gut, Doktor, soviel Zeit ist noch«, antwortete Anna Nikolajewna.

Ich trocknete mir die Hände ab, die Schwester warf mir den Mantel über die Schultern, und ohne in die Ärmel zu fahren, eilte ich nach Hause.

In meinem Arbeitszimmer zündete ich die Lampe an und stürzte mit der Mütze auf dem Kopf zum Bücherschrank.

Da war er, der Döderlein. »Leitfaden für den geburtshilflichen Operationskurs.« Hastig raschelte ich mit den Glanzpapierseiten.

»Da die Wendung stets eine für die Mutter gefahrvolle Operation ist …«

Kälte kroch mir das Rückgrat hinunter.

»Die Hauptgefahr liegt in der Möglichkeit der violenten Uterusruptur.«

Vi-o-len-ten ...

»Findet der Geburtshelfer beim Eingehen mit der Hand in den Uterus wegen Raummangel und Behinderung durch die kontrahierte Uteruswand schon Schwierigkeiten, zum Fuß zu gelangen, so stehe er von den weiteren Versuchen der Durchführung der Wendung ab.«

Gut. Wenn es mir durch ein Wunder gelingt, diese »Schwierigkeiten« zu erkennen, und wenn ich »von den weiteren Versuchen abstehe«, was mache ich dann mit der chloroformierten Frau aus dem Dorfe Dulzewo?

Weiter:

»Ganz verpönt ist, über den Rücken des Kindes hinweg zu den Füßen gelangen zu wollen.«

Zur Kenntnis genommen.

»... das Ergreifen des oberen Fußes geradezu als ein Kunstfehler betrachtet werden muß, da dadurch leicht die ... Axiale der Drehung des Kindes herbeigeführt wird, welche zu einer schweren Einkeilung der Frucht und dadurch zu den schlimmsten Folgen ... Anlaß geben kann.«

»Zu den schlimmsten Folgen.« Etwas verschwommene, doch höchst eindringliche Worte! Und wenn nun der Mann dieser Frau aus Dulzewo Witwer wird? Ich wischte mir den Schweiß von der Stirn, riß mich mühsam zusammen und suchte mir, all die gräßlichen Stellen übergehend, bloß das Wesentliche einzuprägen: was ich eigentlich tun mußte, wie und wo die Hand einzuführen war. Aber wie ich so die schwarzen Zeilen überflog, stieß ich dauernd auf neue gräßliche Dinge. Sie sprangen mir in die Augen.

»... wegen der großen Gefahr der Uterusruptur ...«

»Die innere und die kombinierte Wendungsoperation stellen dagegen Eingriffe dar, die den der Mutter gefährlichsten geburtshilflichen Operationen zuzuzählen sind.«

Und als Schlußakkord: »Mit jeder Stunde Verzögerung nach dem Blasensprung wächst die Gefahr.«

Genug! Die Lektüre trug ihre Früchte: In meinem Kopf herrschte Wirrwarr, und ich war überzeugt, rein gar nichts zu wissen, vor allem nicht, was für eine Wendung ich eigentlich vornehmen mußte, eine kombinierte, eine nichtkombinierte, eine direkte, eine indirekte!

Ich legte den Döderlein weg, setzte mich in den Sessel und bemühte mich, die auseinanderlaufenden Gedanken zu ordnen. Dann warf ich einen Blick auf die Uhr. Verdammt! Schon zwölf Minuten vergangen. Und ich wurde dort erwartet.

»Mit jeder Stunde Verzögerung ...«

Stunden setzen sich aus Minuten zusammen, und Minuten verfliegen in solchen Fällen rasend schnell. Ich legte also den Döderlein weg und lief zurück ins Krankenhaus.

Hier war schon alles bereit. Der Feldscher stand vor einem Tischchen und machte die Chloroformmaske zurecht. Die Kreißende lag auf dem Operationstisch. Ihr unausgesetztes Stöhnen drang durchs Krankenhaus.

»Geduld, Geduld«, murmelte Pelageja Iwanowna zärtlich, über die Frau gebeugt, »gleich hilft dir der Doktor.«

»Auuu! Keine Kraft ... mehr ... Ich hab keine Kraft mehr! Ich halt's nicht aus!«

»Du hältst es aus«, murmelte die Hebamme, »bestimmt! Gleich geben wir dir was zu riechen, dann spürst du nichts!«

Rauschend schoß das Wasser aus dem Hahn. Anna Nikolajewna und ich wuschen uns die Arme bis zum Ellenbogen. Anna Nikolajewna erzählte mir unter dem Stöhnen und Heulen der Kreißenden, wie mein Vorgänger, ein erfahrener Chirurg, die Wendung gemacht hatte. Ich hörte ihr begierig zu, bemüht, mir kein Wort entgehen zu lassen. Diese zehn Minuten gaben mir mehr als alles, was ich zum Staatsexamen, das ich ausgerechnet in Geburtshilfe mit »sehr gut« abschloß, darüber gelesen hatte. Aus ihren abgerissenen Worten, unvollendeten Sätzen und flüchtig hingeworfenen Anspielungen erfuhr ich das Notwendige, was in keinem Buch steht. Als ich mir die ideal weißen und sauberen Arme mit sterilem Mull abtrocknete, fühlte ich mich entschlossen und hatte einen festumrissenen Plan im Kopf. Kombiniert oder nicht kombiniert, darüber brauchte ich jetzt nicht nachzudenken.

All die gelehrten Wörter waren in diesem Moment nichts wert. Wichtig war eines: Ich mußte mit einer Hand hineingehen, mit der andern die Wendung von außen unterstützen und mich dabei nicht auf Bücher, sondern auf mein Gefühl verlassen, ohne das ein Arzt nichts taugt; ich mußte behutsam, doch beharrlich ein Beinchen abwärts ziehen und den Säugling daran extrahieren. Ich mußte ruhig und vorsichtig und zugleich entschlossen und mutig sein.

»Los«, befahl ich dem Feldscher und rieb mir die Finger mit Jod ab.

Sogleich legte Pelageja Iwanowna die Hände der Kreißenden übereinander, und der Feldscher senkte die Maske auf ihr zerquältes Gesicht. Langsam tropfte das Chloroform aus dem dunkelgelben Fläschchen. Ein süßlich-schwüler Geruch erfüllte das Zimmer. Die Gesichter des Feldschers und der Hebammen wurden ernst, gleichsam beseelt ...

»Aaah! Aah!« schrie die Frau. Einige Sekunden lang wand sie sich krampfhaft, um die Maske abzuschütteln.

»Festhalten!«

Pelageja Iwanowna ergriff ihre Hände, hielt sie fest und drückte sie ihr an die Brust. Ein paarmal noch schrie die Frau auf und versuchte, das Gesicht von der Maske wegzudrehen. Aber seltener ... seltener ...

»Aaah ... laß mich! Ah ...«, murmelte sie dumpf.

Schwächer, immer schwächer. In dem weißen Zimmer wurde es still. Noch fielen die durchsichtigen Tropfen auf den weißen Mull.

»Pelageja Iwanowna, Puls?«

»Gut.«

Pelageja Iwanowna hob den Arm der Frau an und ließ ihn los. Leblos wie ein Seil plumpste er auf das Laken. Der Feldscher nahm die Maske weg und besah die Pupille. »Sie schläft.«

. . . .

Eine Blutlache. Beide Arme bis zum Ellenbogen blutig. Blutflecke auf dem Laken. Rote Gerinnsel und Mullknäuel. Pelageja Iwanowna schüttelt und beklatscht den Säugling. Axinia klirrt mit Eimern, gießt Wasser in Schüsseln. Der Säugling wird abwechselnd in kaltes und heißes Wasser getaucht. Er schweigt, sein Kopf pendelt leblos wie an einem Faden. Aber plötzlich hören wir eine Art Knarren oder Seufzer, dann den schwachen, heiseren ersten Schrei.

»Er lebt, er lebt«, murmelt Pelageja Iwanowna und legt den Säugling auf ein Kissen.

Auch die Mutter lebt. Glücklicherweise ist nichts Schlimmes passiert. Ich fühle ihr den Puls. Ja, er ist deutlich und gleichmäßig. Behutsam rüttelt der Feldscher sie an der Schulter und sagt:

»Na los, Tante, aufwachen.«

Die blutigen Laken werden weggenommen, die Mutter erhält ein sauberes, der Feldscher und Axinia tragen sie in ein Krankenzimmer. Der gewindelte Säugling schwebt auf dem Kissen davon. Sein runzliges braunes Gesichtchen schaut aus dem weißen Mull, und das dünne weinerliche Piepsen hört nicht auf.

Wasser läuft aus den Hähnen. Anna Nikolajewna zieht gierig an der Zigarette, kneift vor dem Rauch die Augen zu, hustet.

»Gut haben Sie die Wendung gemacht, Doktor, so sicher.«

Ich bürste mir eifrig die Hände und werfe ihr einen Seitenblick zu, ob sie auch nicht lacht. Aber ihr Gesicht zeigt den ehrlichen Ausdruck stolzer Genugtuung. Ich bin von Herzen froh. Ich blicke auf die blutige und weiße Unordnung ringsum, auf das rote Wasser in der Schüssel und fühle mich als Sieger. Nur in der Tiefe regt sich der Wurm des Zweifels.

»Erst mal sehen, was weiter wird«, sage ich.

Anna Nikolajewna starrt mich verwundert an.

»Was kann noch sein? Alles gut verlaufen.«

Ich murmele etwas. Eigentlich liegt mir folgendes auf der Zunge: Wer weiß, ob bei der Mutter alles heil ist, ob ich ihr nicht bei der Operation einen Schaden getan habe. Das ist es, was mir auf dem Herzen lastet. Meine Kenntnisse in Geburtshilfe sind so ungenau, so angelesen und lückenhaft! Ruptur? Wie äußert sie sich? Und wann macht sie sich bemerkbar, sofort oder vielleicht erst später? Nein, lieber nicht über dieses Thema reden.

»Nun, alles mögliche kann sein«, sage ich, »eine Infektion ist nicht ausgeschlossen.« Dieser Satz aus dem Lehrbuch kommt mir eben in den Sinn.

»Ach so!« sagt Anna Nikolajewna gedehnt und beruhigt. »Na, mit Gottes Hilfe wird nichts sein. Woher auch? War doch alles steril und sauber.«

Es war kurz nach eins, als ich in meine Wohnung zurückkehrte. Auf dem Tisch im Arbeitszimmer lag im Lichtkreis der Lampe friedlich der Döderlein, aufgeschlagen bei dem Kapitel »Die Gefahren der Wendung«. Eine Stunde noch saß ich da, trank kalten Tee und blätterte in dem Buch. Und nun geschah etwas Interessantes: Die früher unklaren Stellen wurden ganz begreiflich, füllten sich gleichsam mit Licht, und hier in der Einöde, im nächtlichen Lampenschein, begriff ich, was das bedeutet – wirkliches Wissen.

Auf dem Lande kann man große Erfahrungen sammeln, dachte ich beim Einschlafen, aber man muß lesen, lesen, soviel wie möglich lesen …

1925

Der Schneesturm

Horch – es tönt wie Wolfesheulen,
horch – nun weint es wie ein Kind.

Die ganze Geschichte fing, wie die allwissende Axinia mir erzählte, damit an, daß der Kontorist Paltschikow aus Schalometjewo sich in die Agronomentochter verliebte. Es war eine flammende Liebe, die dem Ärmsten das Herz versengte. Er fuhr in die Kreisstadt Gratschowka und bestellte sich einen Anzug. Der Anzug gelang blendend; die grauen Streifen der Kontorhose mögen das Schicksal des Unglücklichen entschieden haben. Die Agronomentochter willigte ein, seine Frau zu werden.

Ich, Arzt im Krankenhaus N., in dem und dem Gouvernement, war nach einer Beinamputation bei einem jungen Mädchen, das in die Flachsbreche geraten war, so berühmt geworden, daß ich unter der Last meines Ruhmes nachgerade zugrunde ging. Täglich kamen an die hundert Bauern über den glattgefahrenen Schlittenweg in meine Sprechstunde. Ich aß nicht mehr zu Mittag. Die Arithmetik ist eine grausame Wissenschaft. Angenommen, ich widme jedem meiner hundert Patienten nur fünf Minuten ... fünf! Das sind fünfhundert Minuten, acht Stunden und zwanzig Minuten. Wohlgemerkt, hintereinander weg. Außerdem hatte ich eine Station mit dreißig Kranken. Außerdem operierte ich.

Kurz und gut, wenn ich abends um neun aus dem Krankenhaus in meine Wohnung kam, mochte ich nicht essen, nicht trinken, nicht schlafen. Ich wollte nur, daß keiner kam und mich zu einer Entbindung rief.

In zwei Wochen wurde ich fünfmal in der Nacht mit dem Schlitten abgeholt.

Dunkle Feuchtigkeit trat mir in die Augen, über der Nasenwurzel bildete sich eine wurmartige senkrechte Falte. Nachts sah ich durch Nebelschleier mißglückte Operationen, freigelegte Rippen, meine mit Menschenblut besudelten Arme, und ich wachte auf, schweißig und fröstelnd trotz des heißen Kachelofens.

Bei der Visite ging ich mit schnellen Schritten und wirbelte den Feldscher, die Feldscherin und zwei Schwestern hinter mir her. Wenn ich bei einem Bett stehenblieb, in dem ein vor Fieber vergehender und kläglich atmender Kranker lag, quetschte ich alles aus meinem Gehirn heraus, was darin war. Meine Finger tasteten über trockene, glühende Haut, ich blickte in Pupillen, klopfte Rippen ab, hörte in der Tiefe geheimnisvoll das Herz schlagen und hatte nur den einen Gedanken – wie kann ich ihn retten? Und den da? Und den! Alle!

Es war ein Kampf. Er begann allmorgendlich im bleichen Licht des Schnees und endete im gelben Schein der hellen Operationslampe.

Wenn ich bloß wüßte, wie das enden soll, sagte ich nachts zu mir selber. So geht es doch weiter, die Schlitten werden im Januar kommen und auch im Februar und im März.

Ich schrieb nach Gratschowka und erinnerte höflich daran, daß das Revier N. auf einen zweiten Arzt Anspruch habe.

Der Brief fuhr mit einem Bauernschlitten durch den ebenen Schneeozean vierzig Werst weit. Drei Tage später traf die Antwort ein: Ja, gewiß, gewiß … Unbedingt … nur nicht jetzt … Einstweilen komme niemand …

Der Brief schloß mit ein paar anerkennenden Worten über meine Arbeit und mit besten Wünschen für weitere Erfolge.

Solchermaßen beflügelt, tamponierte ich, injizierte Diphtherieserum, öffnete riesige Eiterbeulen, legte Gipsverbände an …

Am Dienstag kamen nicht hundert, sondern hundertelf Patienten. Die Sprechstunde war erst abends um neun zu Ende. Im Einschlafen versuchte ich zu raten, wie viele es am morgigen Mittwoch sein würden. Ich träumte, es würden neunhundert kommen.

Der Morgen schaute besonders weiß zum Schlafzimmerfenster herein. Ich öffnete die Augen, ahnungslos, was mich geweckt hatte. Ach ja – es hatte geklopft.

»Doktor«, rief die Hebamme Pelageja Iwanowna, »sind Sie wach?«

»Jaha«, antwortete ich mit schlaftrunken zerknautschter Stimme.

»Ich wollte Ihnen bloß sagen, Sie brauchen sich nicht zu beeilen. Sind bloß zwei Patienten da.«

»Wollen Sie mich veralbern?«

»Ehrenwort. Wir haben Schneesturm, Doktor, Schneesturm«, rief sie freudig durchs Schlüsselloch. »Beide haben kariöse Zähne. Demjan Lukitsch zieht sie ihnen.«

»Das ist ja …« Ich sprang aus dem Bett und wußte nicht, warum.

Der Tag ließ sich herrlich an. Nach der Visite wanderte ich durch meine Räume (der Arzt hatte hier sechs Zimmer in zwei Etagen – drei oben, Küche und zwei Zimmer unten), pfiff Opernmelodien, rauchte, trommelte an die Fensterscheiben. Vor dem Fenster vollzog sich etwas, was ich noch nie gesehen hatte. Himmel und Erde gab es nicht mehr. Kreuz und quer wirbelte und stöberte es weiß durcheinander, hinauf und hinunter, als streute der Teufel Zahnpulver umher.

Mittags beauftragte ich Axinia, die in der Arztwohnung die Pflichten der Köchin und Reinemachefrau versah, in drei Eimern und im Kessel Wasser heiß zu machen. Ich hatte einen Monat nicht gebadet.

Mit ihrer Hilfe schleppte ich einen riesigen Bottich aus dem Lagerraum. Er wurde in der Küche auf den Fußboden gestellt. (Von Badewannen konnte in N. natürlich keine Rede sein; nur im Krankenhaus gab es welche, und die taugten nichts.)

Gegen zwei Uhr nachmittags wurde das wirbelnde Netz vor dem Fenster großmaschiger. Nackt und mit eingeseiftem Kopf saß ich in dem Bottich.

»Das gefällt uns«, murmelte ich wohlig und plätscherte mir heißes Wasser auf den Rücken. »Das gefällt uns! Wissen Sie, anschließend speisen wir zu Mittag und machen ein Nickerchen. Wenn ich ausgeschlafen habe, können morgen meinetwegen hundertfünfzig Patienten kommen. Axinia, was gibt's Neues?« Axinia saß vor der Tür und wartete auf das Ende der Badezeremonie.

»Der Kontorist vom Gut Schalometjewo heiratet«, antwortete Axinia.

»Was Sie sagen! Hat er sie rumgekriegt?«

»Ist der verliebt«, trällerte Axinia und klapperte mit Geschirr.

»Ist die Braut hübsch?«

»Bildhübsch! Blond, schlank ...«

»Ist es die Möglichkeit!«

In diesem Moment polterte es an der Tür. Ich begoß mich mürrisch mit Wasser und horchte.

»Der Doktor badet«, trällerte Axinia.

»Brumm ... brumm ...«, brummte eine Baßstimme.

»Ein Brief für Sie, Doktor«, piepste Axinia durchs Schlüsselloch.

»Reich ihn durch die Tür.«

Ich kletterte fröstelnd und mit dem Schicksal hadernd aus dem Bottich und nahm aus Axinias Hand ein feuchtes Kuvert entgegen.

»Denkste. Ich bleib in meinem Bottich. Bin schließlich auch ein Mensch«, sagte ich nicht sehr sicher zu mir und riß im Bottich den Brief auf.

»Sehr geehrter Collega (großes Ausrufungszeichen). Ich flehe (unterstrichen) Sie an, sofort herzukommen. Eine Frau hat nach einer Kopfprellung Blutungen aus dem Nasen-Rachen-Raum (unterstrichen), aus Nase und Mund. Sie ist bewußtlos. Ich werde damit nicht fertig. Bitte kommen Sie. Die Pferde sind ausgezeichnet. Puls schlecht. Kampfer vorhanden. Doktor (Unterschrift unleserlich).«

Ich hab kein Glück im Leben, dachte ich wehmütig mit einem Blick auf das lodernde Holz im Herd.

»Hat den Brief ein Mann gebracht?«

»Ja.«

»Soll reinkommen.«

Er trat ein und erschien mir wie ein alter Römer, denn er trug einen funkelnden Helm über der Ohrenmütze. Bekleidet war er mit einem Wolfspelz, und ein leichter Kältestrom traf mich.

»Warum tragen Sie einen Helm?« fragte ich, meinen erst zur Hälfte gewaschenen Körper in ein Laken hüllend.

»Ich bin Feuerwehrmann in Schalometjewo. Wir haben dort eine Feuerwehr«, antwortete der Römer.

»Was ist das für ein Doktor, der mir da schreibt?«

»Er ist zu Besuch bei unserm Agronomen. Ein junger Arzt. Wir haben ein Unglück, ein schlimmes Unglück ...«

»Wer ist die Frau?«

»Die Braut des Kontoristen.«

Axinia draußen stieß einen dumpfen Schrei aus.

»Was ist passiert?« (Ich hörte ihren Körper gegen die Tür drängen.)

»Gestern war die Verlobung, und danach wollte der Kontorist sie mit dem Schlitten spazierenfahren. Er hat einen Traber vorgespannt, sie hineingesetzt, und dann ab durchs Tor. Aber der Traber ist derartig losgerast, daß die Braut mit der Stirn gegen den oberen Balken prallte und aus dem Schlitten flog. So ein Unglück, es ist nicht zu sagen ... Der Kontorist wird nicht aus den Augen gelassen, damit er sich nicht aufhängt. Er hat fast den Verstand verloren.«

»Ich bade doch«, sagte ich kläglich, »warum habt ihr sie nicht hergebracht?« Dabei goß ich mir Wasser über den Kopf, das die Seife in den Bottich spülte.

»Unmöglich, verehrter Bürger Doktor«, sagte der Feuerwehrmann gefühlvoll und faltete flehend die Hände, »ganz unmöglich. Es wäre ihr Tod.«

»Wie kommen wir denn hin bei dem Schneesturm?«

»Der hat schon nachgelassen. Was sag ich, aufgehört hat er. Die Pferde sind flink und hintereinandergespannt. In einer Stunde sind wir da.«

Ich seufzte ergeben und entstieg dem Bottich. Wütend goß ich noch zwei Eimer Wasser über mich. Dann hockte ich mich vor den Herd und steckte den Kopf in die Backröhre, um die Haare wenigstens etwas zu trocknen.

Ich krieg bestimmt eine Lungenentzündung. Eine kruppöse, bei so einer Fahrt. Und vor allem, was mach ich mit dem Mädchen? Der Arzt dort hat ja noch weniger Erfahrung als ich, das sieht man schon an dem Brief. Ich weiß schon nichts, hab bloß das halbe Jahr praktische Erfahrung, aber er weiß noch weniger. Scheint gerade von der Universität zu kommen. Und mir traut er Erfahrung zu ...

Unter solchen Grübeleien hatte ich mich angezogen, ohne es recht gewahr zu werden. Die Kleidung war nicht einfach: Hose und Kittel, Filzstiefel, über dem Kittel die Lederjacke, dann ein Mantel und schließlich Schafpelz, Mütze, Tasche, darin Coffein, Kampfer, Morphium, Adrenalin, Gefäßklemmen, steriler Mull, Spritze, Sonde, Browning, Zigaretten, Streichhölzer, Uhr und Stethoskop.

Als wir losfuhren, sah es gar nicht so schlimm aus, obwohl es schon dunkelte und der Tag zur Neige ging. Der Wind war nicht mehr so stark. Schräg, immer aus derselben Richtung, wehte er mir Schnee gegen die rechte Wange. Der Feuerwehrmann saß vor mir wie ein Berg und versperrte mir die Sicht auf die Kruppe des ersten Pferdes. Die Gäule griffen tatsächlich flott aus, und der Schlitten rumpelte durch die Schlaglöcher. Es rüttelte mich durch, rasch wurde mir warm, ich dachte an die kruppöse Lungenentzündung und an das Mädchen, das vielleicht einen Kantenbruch und Splitter im Gehirn hatte ...

»Feuerwehrpferde?« fragte ich aus meinem Schaffellkragen.

»Mmmm ...«, brummte der Fuhrmann, ohne sich umzudrehen.

»Was hat der Doktor mit ihr gemacht?«

»Er hat ... mmm ... weißte, er hat auf Geschlechtskrankheiten gelernt ... mmm ...«

Mmmm ..., summte der Schneesturm in einem Wäldchen, dann pfiff er von der Seite, bewarf mich mit Schnee ... Ich wurde gewiegt, gewiegt, gewiegt ... bis ich auf einmal im Umkleideraum des Moskauer Sandunow-Bads war. Im Pelzmantel, Dampf umhüllte mich. Dann leuchtete eine Fackel auf, Kälte schlug herein. Ich öffnete die Augen, sah einen Helm blutrot glänzen, dachte an eine Feuersbrunst ... Ich wurde wach und begriff, daß ich angekommen war. Vor mir sah ich ein weißes Gebäude mit Säulen, offensichtlich aus der Zeit Nikolaus' I. Dichte Finsternis ringsum. Feuerwehrleute begrüßten mich, die Flamme tanzte über ihren Köpfen. Ich holte die Uhr unterm Schafpelz hervor und sah, daß es fünf war. Wir waren also nicht eine, sondern zweieinhalb Stunden gefahren.

»Macht mir gleich die Pferde für die Rückfahrt fertig«, sagte ich.

»Jawohl«, antwortete der Fuhrmann.

Verschlafen und unter der Lederjacke naß wie von einem Brustwickel, betrat ich den Flur. Eine Wandlampe warf einen Lichtstreifen auf den gestrichenen Fußboden.

Und nun kam ein blonder junger Mann in scharf gebügelten Hosen, gehetzt blickend, auf mich zugelaufen. Der schwarzgetupfte weiße Schlips flatterte, das Chemisett sprang vor, das Jackett war nagelneu, mit Falten wie aus Metall.

Er fuchtelte mit den Armen, klammerte sich an mich und stieß leise Schreie aus:

»Lieber ... Doktor ... schnell ... sie stirbt. Ich hab sie umgebracht.« Er stierte mit ernsten schwarzen Augen vor sich hin und sagte ins Leere: »Ich bin ein Mörder, ja, das bin ich.«

Dann schluchzte er auf, zerrte an seinen schütteren Haaren, und ich sah ihn wirklich ganze Strähnen um die Finger wickeln und ausreißen.

»Hören Sie auf«, sagte ich zu ihm und preßte ihm den Arm.

Jemand zog ihn von mir weg. Ein paar Frauen eilten auf mich zu.

Jemand nahm mir den Pelz ab, dann wurde ich über festtäglich gescheuerte Dielen zu einem weißen Bett geführt.

Von einem Stuhl erhob sich ein blutjunger Arzt. Er blickte zerquält und ratlos. Für einen Moment blitzte in seinen Augen Verwunderung auf, daß ich ebenso jung war wie er selbst. Überhaupt waren wir wie zwei Porträts von ein und derselben Person aus demselben Jahr. Dann aber bekundete er mir eine derartige Freude, daß er fast schluchzte.

»Wie ich mich freue ... Collega ... da ... sehen Sie, der Puls läßt nach. Ich bin eigentlich Venerologe. Ich freue mich so, daß Sie gekommen sind ...«

Auf dem Tisch lagen auf einem Streifen Mull eine Spritze und etliche Ampullen mit gelbem Öl. Ich hörte den Kontoristen draußen schluchzen, dann wurde die Tür geschlossen, hinter mir erhob sich eine weißgekleidete Frau. Das Schlafzimmer war halbdunkel, die Lampe seitlich mit einem grünen Lappen verhängt. In grünlichem Schatten lag auf dem Kissen ein papierweißes Gesicht. Es war von auseinanderfallenden blonden Strähnen umrahmt. Die Nase sah spitz aus, in den Nasenlöchern steckten blutgerötete Wattepfropfen.

»Puls«, flüsterte mir der Arzt zu.

Ich ergriff die leblose Hand, legte mit bereits gewohnter Geste die Finger auf den Puls und zuckte zusammen. Unter meinen Fingern zitterte es ganz sacht und häufig, hörte immer wieder auf, zog sich in die Länge. Mir wurde kalt um den Magen wie stets, wenn ich dem Tod ins Auge sah. Ich hasse ihn. Es gelang mir noch, die Spitze einer Ampulle abzubrechen und das fettige Öl aufzuziehen. Aber die Injektion unter die Haut des Mädchenarms geschah schon mechanisch und hatte keinen Sinn mehr.

Der Unterkiefer zuckte, sie schien zu ersticken, dann sank das Kinn herab, der Körper spannte sich unter der Decke, erstarrte gleichsam, wurde schlaff. Das letzte Pochen des Pulses schmolz unter meinen Fingern.

»Ex«, sagte ich dem Arzt ins Ohr.

Die weißgekleidete grauhaarige Frau warf sich über die glatte Decke, schmiegte sich an und brach in Schluchzen aus.

»Leise, leise«, sagte ich ihr ins Ohr, und der Arzt warf einen gequälten Blick auf die Tür.

»Er hat mich ganz fertiggemacht«, sagte er kaum hörbar.

Wir verfuhren folgendermaßen: ließen die weinende Mutter im Schlafzimmer, sagten niemandem etwas und führten den Kontoristen ins hinterste Zimmer.

Hier sagte ich zu ihm:

»Lassen Sie sich von mir eine Injektion machen, sonst können wir nichts tun. Sie quälen uns, stören uns bei der Arbeit!«

Da willigte er ein; leise weinend zog er das Jackett aus, wir rollten den Ärmel seines Bräutigamhemdes hoch und spritzten Morphium. Der Arzt ging zu der Toten, als wolle er ihr helfen, und ich blieb bei dem Kontoristen.

Das Morphium wirkte schneller, als ich erwartet hatte. Nach einer Viertelstunde schon wurde sein Wehklagen leiser und zusammenhangloser, dann ließ er das verheulte Gesicht auf die Arme sinken und schlief ein. Das Hin und Her, das Weinen, Rascheln und gedämpfte Jammern vernahm er nicht mehr.

»Hören Sie, Collega, jetzt zu fahren ist gefährlich. Sie könnten sich verirren«, flüsterte mir der Arzt im Flur zu. »Bleiben Sie über Nacht hier …«

»Nein, ich kann nicht. Ich fahre unter allen Umständen. Man hat mir versprochen, mich zurückzubringen.«

»Das wird man auch tun, aber schauen Sie doch nur …«

»Ich habe drei Typhuskranke, die kann ich nicht im Stich lassen. Ich muß nachts nach ihnen sehen.«

»Na, Sie müssen's wissen …«

Er verdünnte Sprit mit Wasser und ließ ihn mich trinken. Im Flur aß ich ein Stück Schinken. Mir wurde warm im Magen, und die Wehmut im Herzen ließ ein wenig nach. Ein letztes Mal noch ging ich ins Schlafzimmer und warf einen Blick auf die Tote, dann sah ich noch einmal nach dem Kontoristen, ließ dem Arzt eine Ampulle Morphium da und trat eingemummt auf die Vortreppe.

Hier pfiff es, die Pferde ließen den Kopf hängen, Schnee peitschte auf sie ein. Die Flamme der Fackel tanzte.

»Sie kennen den Weg?« fragte ich, den Kragen vor den Mund ziehend.

»Den Weg kenn ich«, antwortete der Fuhrmann tief betrübt (den Helm hatte er nicht mehr auf), »aber Sie sollten hier übernachten ...«

Selbst den Ohrenklappen seiner Mütze war anzusehen, daß er ums Verrecken nicht fahren mochte.

»Sie sollten hierbleiben«, fügte ein zweiter hinzu, der die tosende Fackel hielt, »draußen sieht es jetzt böse aus.«

»Zwölf Werst«, brummte ich mürrisch, »das schaffen wir. Ich habe Schwerkranke.« Und ich stieg in den Schlitten.

Zugegeben, ich fügte nicht hinzu, daß allein der Gedanke, ohnmächtig und nutzlos in dem Unglückshaus zu bleiben, mir unerträglich war.

Der Fuhrmann ließ sich ergeben auf den Sitz sinken und rutschte zurecht, dann glitten wir zum Tor hinaus. Die Fackel verschwand, wie vom Erdboden verschluckt. War vielleicht auch erloschen. Doch gleich darauf begann mich etwas anderes zu interessieren. Als ich mich mühsam umdrehte, war nicht nur die Fackel, sondern das ganze Schalometjewo mit all seinen Gebäuden verschwunden wie in einem Traum. Mir gab es einen unangenehmen Stich.

Ein starkes Stück, dachte ich, hatte es vielleicht auch gemurmelt. Für einen Moment steckte ich die Nase hinaus und verhüllte sie gleich wieder, so scheußlich war es. Die ganze Welt hatte sich zu einem Knäuel geballt, und an diesem Knäuel zerrte es von allen Seiten.

Umkehren? Dieser Gedanke zuckte mir durch den Kopf. Aber ich verscheuchte ihn, wühlte mich tiefer in das Heu des Schlittenbodens, lag zusammengekrümmt wie in einem Boot und schloß die Augen. Sogleich sah ich vor mir den grünen Lappen an der Lampe und das weiße Gesicht. Plötzlich wurde es hell in meinem Kopf: Schädelbasisbruch ... Ja, ja, das war es! Mit Sicherheit wußte ich, diese Diagnose stimmte. Ein Gedankenblitz. Und was nützte er? Nichts mehr, und vorher hätte er auch nichts genützt. Was soll man da schon machen? Grauenvolles Schicksal! Wie dumm und schrecklich ist es, auf der Welt zu leben! Was mag jetzt im Hause des Agronomen vorgehen? Schon der Gedanke daran würgte, stimmte wehmütig. Dann tat ich mir selber leid: Wie schwer ist doch mein Leben. Die Leute schlafen jetzt, die Öfen sind geheizt, und ich habe mich wieder einmal nicht zu Ende waschen können. Der Schneesturm treibt mich vor sich her wie ein Blatt. Und wenn ich zu Hause ankomme, holen sie mich womöglich noch mal irgendwohin. Dann lieber eine Lungenentzündung und hier sterben ... Solchermaßen mich selbst beklagend, lag ich in der Finsternis, wie lange, weiß ich nicht. Ich fand mich auch nicht in einem Bad wieder, sondern mir wurde kalt. Kälter und immer kälter.

Als ich die Augen öffnete, sah ich den schwarzen Rücken, dann merkte ich, daß wir nicht fuhren, sondern standen.

»Sind wir schon da?« fragte ich und glotzte schlaftrunken umher.

Der schwarze Fuhrmann machte eine klägliche Bewegung, dann stieg er plötzlich ab, und mir schien, daß es ihn nach allen Seiten wirbelte. Ohne jeden Respekt sagte er zu mir:

»Von wegen schon da! Hätten Sie man auf die Leute gehört! Sie sehen doch, was los ist! Wir gehen drauf und die Pferde auch.«

»Haben wir etwa den Weg verloren?« Es überrieselte mich kalt.

»Ich höre immer Weg«, antwortete der Fuhrmann verdrießlich, »die ganze weite Welt ist jetzt unser Weg. Draufgehen für nichts und wieder nichts ... Vier Stunden fahren wir schon, und wohin ... Sie sehen doch, was los ist ...«

Vier Stunden. Ich wurde kribbelig, befühlte die Uhr, holte Streichhölzer hervor. Wozu? Es nützte nichts, kein

Hölzchen brannte. Ich riß es an, es glühte auf – und war sofort wieder aus.

»Vier Stunden, sag ich«, sprach der Fuhrmann grabestraurig, »was jetzt?«

»Wo sind wir denn?«

Die Frage war so dumm, daß der Fuhrmann eine Antwort für überflüssig hielt. Er wandte sich nach verschiedenen Seiten, doch mir schien, als stünde er unbeweglich und ich würde mitsamt dem Schlitten gedreht. Ich kraxelte hinaus, und der Schnee bei der Kufe ging mir bis zum Knie. Das hintere Pferd steckte bis zum Bauch im Schnee. Seine Mähne hing herab wie bei einer barhäuptigen Frau.

»Sind die von selbst stehengeblieben?«

»Ja. Die Tiere sind erschöpft.«

Auf einmal fielen mir irgendwelche Erzählungen ein, und ich empfand Groll auf Lew Tolstoi.

Der hatte gut reden in Jasnaja Poljana, dachte ich, den hat keiner zu einem Sterbenden geholt ... Ich bemitleidete den Feuerwehrmann und mich selber. Dann flackerte noch einmal wilde Angst in mir auf. Aber ich erstickte sie in der Brust.

»Kleinmut ist das«, murmelte ich durch die Zähne.

Und stürmische Energie wuchs in mir.

»Hören Sie, Onkel«, sagte ich und fühlte meine Zähne kalt werden, »wir dürfen nicht aufgeben, sonst gehen wir tatsächlich zum Teufel. Die Pferde haben ein Weilchen gestanden und verschnauft, jetzt müssen wir weiter. Gehen Sie nach vorn und nehmen Sie das erste Pferd am Zügel, ich lenke. Wir müssen hier raus, sonst schneit es uns zu.«

Die Ohrenklappen der Mütze sahen verzweifelt aus, aber der Fuhrmann watete nach vorn. Humpelnd und einsinkend erreichte er das vordere Pferd. Unser Gespann kam mir endlos lang vor. Die Gestalt des Fuhrmanns verschwamm mir vor den Augen, in die es mir trockenen Stöberschnee blies.

»Hüüüh«, stöhnte er.

»Los! Los!« schrie ich und klappte mit den Zügeln.

Langsam stapfend setzten sich die Pferde in Bewegung. Der Schlitten schwankte wie auf einer Woge. Bald hoch aufragend, bald tief einsinkend, arbeitete sich der Fuhrmann vorwärts.

Etwa eine Viertelstunde lang ging es in dieser Weise weiter, bis ich endlich spürte, daß der Schlitten über glatteren Boden knirschte. Freude sprang in mir auf, als ich die hinteren Hufe des Pferdes aufblitzen sah.

»Es ist flacher, wir haben die Straße«, schrie ich.

»Ho ... ho ...«, antwortete der Fuhrmann, humpelte auf mich zu und wurde sogleich größer.

»Scheint wirklich die Straße zu sein«, sagte er mit vor Freude flirrender Stimme. »Wenn wir bloß nicht noch mal abkommen. ... Vielleicht ...«

Wir wechselten die Plätze. Die Gäule griffen munterer aus. Der Schneesturm schien sich geduckt und nachgelassen zu haben. Über uns und rechts und links war jedoch noch immer nichts als Trübnis. Ich hatte schon keine Hoffnung mehr, das Krankenhaus zu erreichen. Hauptsache, wir kamen irgendwohin. Schließlich führt jede Straße zu einem bewohnten Ort.

Plötzlich zuckten die Pferde zusammen und griffen noch lebhafter aus. Ich freute mich, denn ich wußte nicht den Grund.

»Vielleicht spüren sie eine Behausung?« fragte ich.

Der Fuhrmann gab keine Antwort. Ich richtete mich im Schlitten auf und hielt Ausschau. Ein seltsamer Laut, wehmütig und bösartig, kam aus der Finsternis und verstummte sofort wieder. Ich hatte ein unangenehmes Gefühl und mußte an den Kontoristen denken, der den Kopf auf die Arme gelegt und dünn gewinselt hatte. Rechter Hand unterschied ich auf einmal einen dunklen Punkt, er wuchs zu einer schwarzen Katze, wurde dann noch größer und kam immer näher. Der Feuerwehrmann drehte sich zu mir um, und ich sah sein Kinn beben.

»Haben Sie gesehen, Bürger Doktor?«

Das eine Pferd warf sich nach rechts, das andere nach links, für einen Moment sackte mir der Feuerwehrmann auf die Knie, richtete sich ächzend wieder auf, stemmte sich ein und riß am Zügel. Schnaubend jagten die Pferde weiter. Sie schleuderten Schneeklumpen hoch, liefen holperig und zitterten.

Auch mich überlief mehrmals ein Zittern. Ich faßte mich jedoch, holte den Browning hervor und verfluchte mich, weil ich das zweite Magazin zu Hause vergessen hatte. Wenn ich schon nicht über Nacht geblieben war, warum hatte ich nicht wenigstens eine Fackel mitgenommen? In Gedanken sah ich eine kurze Meldung in der Zeitung über mich und den unglückseligen Feuerwehrmann.

Die Katze wuchs bis zur Größe eines Hundes und rannte unweit neben dem Schlitten her. Ich drehte mich um und erblickte dicht hinter dem Schlitten einen zweiten Vierbeiner. Ich kann beschwören, daß er spitze Ohren hatte und dem Schlitten mit Leichtigkeit folgte, als liefe er über Parkett. Diese Verfolgung hatte etwas Drohendes und Freches. Ein Rudel oder nur die beiden? dachte ich, und bei dem Wort »Rudel« überlief es mich siedeheiß unterm Pelz, und die Füße waren nicht mehr kalt.

»Halt dich fest und nimm die Pferde kräftig am Zügel, ich schieße jetzt«, sagte ich mit einer Stimme, die nicht meine war.

Der Fuhrmann ächzte auf und zog den Kopf zwischen die Schultern.

Vor meinen Augen blitzte es, dann krachte es ohrenbetäubend. Noch einmal und ein drittes Mal. Ich weiß nicht mehr, wie lange es mich auf dem Schlittenboden durchrüttelte. Ich hörte die Pferde wild und fast kreischend schnauben, umklammerte den Browning, mein Kopf stieß an etwas, ich wollte mich aus dem Heu rappeln und dachte in tödlicher Angst, gleich würde mir ein riesiger sehniger Körper auf die Brust springen. Schon sah ich in Gedanken mein zerrissenes Gedärm …

Der Fuhrmann unterdes heulte:

»Oho...ho ... da ist er ... da ... O Gott, rette uns ...«

Endlich wurde ich mit dem schweren Schafpelz fertig, bekam die Hände frei und richtete mich auf. Weder hinter uns noch neben uns waren die schwarzen Tiere zu sehen. Es schneite sehr dünn und erträglich, und durch den dünnen Schleier blinzelte ein wahrhaft zauberhaftes Auge, das ich unter Tausenden erkannt hätte und noch heute wiedererkennen würde – die Laterne meines Krankenhauses. Dahinter türmte sich etwas Dunkles. Schöner als jeder Palast, dachte ich und feuerte ekstatisch noch zwei Schüsse in die Richtung, in der die Wölfe verschwunden waren.

Der Feuerwehrmann stand mitten auf der Treppe, die aus der unteren Etage der wunderbaren Arztwohnung heraufführte, ich stand oben und Axinia im Schafpelz unten.

»Und wenn Sie mich vergolden«, sagte der Fuhrmann, »aber noch einmal ...« Er sprach nicht zu Ende, kippte verdünnten Sprit und ächzte laut, dann wandte er sich Axinia zu und sagte, die Arme ausbreitend, so weit es ihm seine Ausrüstung erlaubte: »Sooo groß ...«

»Ist sie tot? Nicht durchgebracht?« fragte mich Axinia.

»Tot«, antwortete ich gleichmütig.

Eine Viertelstunde später war alles still, unten wurde das Licht ausgemacht. Ich war oben allein. Unter krampfhaftem Auflachen öffnete ich die Knöpfe meines Kittels, schloß sie wieder, ging zum Bücherregal, nahm einen Band Chirurgie heraus, wollte über Schädelbasisbrüche nachlesen, legte das Buch weg.

Als ich mich auszog und unter die Decke schlüpfte, schüttelte mich ein Zittern; langsam ließ es nach, und Wärme zog durch den Körper.

»Und wenn Sie mich vergolden«, brummte ich im Einschlafen, »aber noch einmal fahre ich nicht ...«

Du fährst, und ob du fährst, pfiff spöttisch der Schneesturm. Dröhnend fuhr er über das Dach hin, sang im

Schornstein, flog wieder hinaus, raschelte vor dem Fenster, verschwand.

Du fährst, du fährst, tickte die Uhr, aber immer dumpfer, dumpfer ...

Und nichts mehr. Stille. Schlaf.

1926

Ägyptische Finsternis

Wo ist die ganze Welt an meinem Geburtstag? Wo sind die Lichter von Moskau? Die Menschen? Der Himmel? Vor den Fenstern ist nichts! Finsternis ...

Wir sind abgeschnitten. Die ersten Petroleumlampen finden sich neun Werst von hier auf der Eisenbahnstation. Dort blinkt gewiß ein Laternchen, vom Schneesturm erstickt. Um Mitternacht fährt sausend der Schnellzug nach Moskau durch – was soll ihm die im Schnee begrabene, vergessene Station. Es sei denn, die Gleise wären verweht.

Die ersten elektrischen Lichter finden sich vierzig Werst entfernt in der Kreisstadt. Dort ist das Leben eine Wonne. Es gibt ein Kino, Geschäfte. Während auf den Feldern der Schnee heult und sich türmt, flimmert auf der Leinwand vielleicht Schilf, wiegen sich Palmen, erscheint ein tropisches Eiland ... Wir sind allein.

»Ägyptische Finsternis«, bemerkte der Feldscher Demjan Lukitsch, nachdem er die Gardine weggezogen hatte.

Er drückte es hochtrabend, doch ungemein treffend aus. In der Tat – ägyptische Finsternis.

»Trinken wir noch ein Gläschen«, lud ich ein. (Ach, man verurteile mich nicht! Arzt, Feldscher und Hebammen sind schließlich auch Menschen! Wir sehen monatelang nichts als Hunderte von Kranken. Wir schuften, wir sind im Schnee begraben. Dürfen wir da nicht mal zwei Gläschen verdünnten Sprit trinken und dazu Sprotten aus der Kreisstadt essen, wenn der Arzt Geburtstag hat?)

»Auf Ihre Gesundheit, Doktor!« sagte Demjan Lukitsch gefühlvoll.

»Auf daß Sie sich gut bei uns eingewöhnen!« sagte Anna Nikolajewna beim Anstoßen und zupfte ihr gemustertes Sonntagskleid zurecht.

Die zweite Hebamme, Pelageja Iwanowna, stieß ebenfalls an, nahm einen Schluck, hockte sich dann vorm Ofen nieder und stocherte mit dem Feuerhaken in der Glut. Ein heißer Abglanz huschte über unsere Gesichter, in der Brust wurde es warm vom Alkohol.

»Es will mir nicht in den Kopf«, sagte ich aufgeregt und blickte auf die unter dem Feuerhaken stiebenden Funkenschwärme, »was das Weib mit dem Belladonna gemacht hat. Das ist doch entsetzlich!«

Ein Lächeln spielte auf dem Gesicht des Feldschers und der Hebammen.

Die Sache war die, daß heute morgen während der Sprechstunde ein rosiges Frauchen von vielleicht dreißig Jahren zu mir ins Sprechzimmer geschlüpft war.

Sie machte dem Gebärstuhl hinter mir eine Verbeugung, holte dann ein weithalsiges Fläschchen aus dem Busen und flötete:

»Besten Dank für die Tropfen, Bürger Doktor. Sie haben wunderbar geholfen! Geben Sie mir bitte noch ein Fläschchen.«

Ich nahm ihr das Fläschchen aus der Hand und las das Etikett, da wurde mir grün vor den Augen. Auf dem Etikett stand in Demjan Lukitschs schwungvoller Handschrift: »Tinct. Belladonnae ...« usw., »16. Dezember 1917.«

Mit andern Worten, ich hatte der Frau gestern eine tüchtige Portion Belladonna verschrieben, und heute, an meinem Geburtstag, dem 17. Dezember, kam sie mit der leeren Flasche und bat um Nachschlag.

»Du ... du ... hast gestern alles genommen?« fragte ich mit wilder Stimme.

»Alles, liebes Väterchen, alles«, sang das Weiblein mit zuckersüßer Stimme, »Gott schenke Ihnen Gesundheit für die Tropfen. Die Hälfte, als ich nach Hause kam, die andere Hälfte vorm Schlafengehen. Wie weggeblasen ...«

Ich hielt mich am Gebärstuhl fest.

»Was hatte ich dir gesagt, wieviel Tropfen solltest du nehmen?« stieß ich mit erstickter Stimme hervor. »Fünf Tropfen! Was hast du angerichtet, Frau? Du ... ich ...«

»Bei Gott, ich hab sie genommen!« sagte die Frau, die wohl dachte, ich glaubte ihr nicht, daß mein Belladonna geholfen habe.

Mit beiden Händen ergriff ich ihre rosigen Wangen und sah ihr in die Pupillen. Aber die Pupillen waren normal. Ziemlich hübsch, völlig normal. Ihr Puls war ebenfalls prachtvoll. Nicht die geringsten Merkmale einer Belladonnavergiftung.

»Das kann doch nicht wahr sein!« sagte ich und schrie: »Demjan Lukitsch!« Demjan Lukitsch kam in seinem weißen Kittel aus dem Apothekenflur. »Sehen Sie sich das an, Demjan Lukitsch, was die Schöne hier angerichtet hat! Ich verstehe überhaupt nichts mehr ...«

Die Frau wandte erschrocken den Kopf, denn sie begriff, daß sie eine Schuld auf sich geladen hatte.

Demjan Lukitsch bemächtigte sich des Fläschchens, schnupperte daran, drehte es in den Händen und sagte streng:

»Meine Gute, du lügst. Du hast das Medikament nicht genommen!«

»Bei Gott ...«, setzte die Frau an.

»Frau, erzähl uns keine Märchen«, sagte Demjan Lukitsch rauh mit schiefem Mund, »wir wissen bestens Bescheid. Raus mit der Sprache, wen hast du mit den Tropfen kuriert?«

Die Frau richtete ihre normalen Pupillen auf die säuberlich geweißte Decke und bekreuzigte sich.

»Da soll mich doch ...«

»Hör auf, hör auf«, brummelte Demjan Lukitsch und wandte sich an mich:

»Die machen das doch so, Doktor. Da kommt so eine Schelmin ins Krankenhaus, man verschreibt ihr ein Medikament, dann fährt sie zurück in ihr Dorf und bewirtet alle Weiber damit.«

»Was reden Sie da, Bürger ...«

»Hör auf!« schnitt ihr der Feldscher das Wort ab. »Ich bin schon das achte Jahr hier bei euch. Ich weiß Bescheid.

Natürlich hat sie das Fläschchen auf die einzelnen Höfe verteilt«, fuhr er, an mich gewandt, fort.

»Geben Sie mir noch mehr von den Tropfen«, bat sie mit lieblicher Stimme.

»Nein, Frau«, antwortete ich und wischte mir den Schweiß von der Stirn, »diese Tropfen brauchst du nicht mehr zu nehmen. Ist es besser geworden im Bauch?«

»Und ob, wie weggeblasen!«

»Na großartig. Ich schreib dir andere auf, die sind auch sehr gut.«

Ich verschrieb ihr Baldrian, und sie fuhr enttäuscht wieder nach Hause.

Über diesen Vorfall unterhielten wir uns an meinem Geburtstag in der Arztwohnung, während vor den Fenstern wie ein schwerer Vorhang die ägyptische Finsternis des Schneesturms hing.

»Wie ist das eigentlich«, sagte Demjan Lukitsch und kaute taktvoll eine Sprotte, »wie ist das eigentlich: Wir sind doch hier schon eingewöhnt. Sie aber, lieber Doktor, mußten sich doch nach der Universität und nach der Hauptstadt ganz und gar umstellen. In dieser Einöde!«

»Ach, was für eine Einöde!« echote Anna Nikolajewna.

Der Schneesturm summte im Schornstein und raschelte draußen an der Wand. Ein purpurroter Lichtschein fiel auf das dunkle Ofenblech. Gesegnet sei das Feuer, welches das medizinische Personal in der Einöde wärmt!

»Von Ihrem Vorgänger Leopold Leopoldowitsch haben Sie doch gewiß gehört«, sagte der Feldscher, während er Anna Nikolajewna taktvoll eine Zigarette anbot und sich selbst eine anzündete.

»Ein großartiger Arzt!« sagte Pelageja Iwanowna begeistert und schaute mit glänzenden Augen in das gütige Feuer. Ihr Festtagskamm mit den falschen Steinen glühte auf und erlosch wieder in ihrem schwarzen Haar.

»Ja, eine hervorragende Persönlichkeit«, bestätigte der Feldscher. »Die Bauern haben ihn geradezu vergöttert. Er wußte sie zu nehmen. Sich von Liponti operieren lassen –

jederzeit! Sie nannten ihn nämlich Liponti Lipontjewitsch. Hatten Vertrauen zu ihm. Er verstand auch mit ihnen zu reden. Ja also, eines Tages kommt sein Freund Fjodor Kossoi aus Dulzewo zu ihm in die Sprechstunde. So und so, Liponti Lipontjewitsch, mir ist die Brust ganz beklommen, kann gar nicht durchatmen. Außerdem kratzt es im Hals ...«

»Kehlkopfentzündung«, sagte ich mechanisch, seit einem Monat überhasteter Arbeit an ländliche Blitzdiagnosen gewöhnt.

»Völlig richtig. ›Na gut‹, sagt Liponti, ›ich geb dir ein Mittel. Das macht dich in zwei Tagen gesund. Hier hast du französische Senfpflaster. Davon klebst du eins auf den Rücken zwischen die Schulterblätter, das andere auf die Brust. Zehn Minuten drauflassen und dann abnehmen. Marsch! Nun mach!‹ Der andere nimmt die Senfpflaster und geht. Zwei Tage später kommt er in die Sprechstunde.

›Was gibt's?‹ fragt Liponti.

Da sagt Kossoi zu ihm:

›Ja, wissen Sie, Liponti Lipontjewitsch‹, sagt er, ›Ihre Senfpflaster helfen nicht.‹

›Du spinnst!‹ antwortet Liponti. ›Französische Senfpflaster müssen helfen! Du hast sie wohl gar nicht aufgeklebt?‹

›Was‹, sagt er, ›nicht aufgeklebt? Die kleben immer noch ...‹ Dreht sich um, und da klebt das Senfpflaster auf dem Schafpelz!«

Ich lachte schallend, Pelageja Iwanowna kicherte und stocherte mit dem Feuerhaken im Ofen.

»Du meine Güte«, sagte ich, »das ist doch ein Witz, das kann doch nicht wahr sein!«

»Ein Witz? Ein Witz?« riefen die Hebammen um die Wette.

»Von wegen!« rief der Feldscher erbittert. »Wissen Sie, bei uns besteht das ganze Leben aus solchen Witzen. Dinge passieren hier ...«

»Der Zucker!« rief Anna Nikolajewna. »Erzählen Sie die Sache mit dem Zucker, Pelageja Iwanowna!«

Pelageja Iwanowna schloß die Ofenklappe und erzählte mit niedergeschlagenen Augen:

»Da komme ich mal nach Dulzewo zu einer Kreißenden ...«

»Dieses Dulzewo ist ein berühmter Ort«, warf der Feldscher ein und fügte hinzu: »Verzeihung! Fahren Sie fort, Kollegin!«

»Na, ich untersuche sie natürlich«, fuhr die Kollegin Pelageja Iwanowna fort, »da fühle ich mit den Fingern im Geburtskanal etwas Unbegreifliches, krümelig, kleine Stückchen ... Was soll ich sagen – Raffinadezucker!«

»Da haben Sie so einen Witz!« bemerkte Demjan Lukitsch feierlich.

»Erlauben Sie, ich verstehe nicht ...«

»Eine weise Frau!« antwortete Pelageja Iwanowna. »Eine Quacksalberin hatte ihr das beigebracht. Die Entbindung ist kompliziert, hatte sie gesagt. Das Kindchen will nicht raus, also muß man es locken. Darum hat sie's mit etwas Süßem versucht.«

»Entsetzlich«, sagte ich.

»Sie geben den Kreißenden auch Haare zu kauen«, sagte Anna Nikolajewna.

»Warum?«

»Weiß der Teufel. Drei wurden so zu uns gebracht. Da liegt nun die arme Frau und spuckt. Der ganze Mund voll Haare. Die Entbindung soll dadurch leichter verlaufen ...«

Die Augen der Hebammen glänzten erinnerungsschwer. Lange noch saßen wir am Feuer und tranken Tee, und ich hörte wie verzaubert zu. Ich erfuhr, daß Pelageja Iwanowna jedesmal, wenn sie eine Kreißende aus einem Dorf in unser Krankenhaus holte, in ihrem Schlitten hinterherfuhr, damit die Leute es sich unterwegs nicht anders überlegten und die Frau zur Quacksalberin zurückbrachten. Ich erfuhr, daß einmal eine Kreißende bei falscher Kindslage mit den Füßen an der Decke aufgehängt wurde, damit sich das Kind wendete. Ich erfuhr, daß eine Quacksalberin aus Korobowo, die vom Aufstechen der Fruchtblase durch die

66

Ärzte gehört hatte, einem Kind mit dem Tafelmesser den Kopf zerschnitt, so daß selbst ein berühmter und geschickter Mann wie Liponti es nicht retten konnte und gerade noch die Mutter durchbrachte. Ich erfuhr ...

Der Ofen war längst zu. Meine Gäste zogen sich in ihren Seitenflügel zurück. Einige Zeit noch sah ich Anna Nikolajewnas Fensterchen matt leuchten, dann erlosch auch bei ihr das Licht. Alles verschwand. In das Schneegestöber mengte sich ein steifer Dezemberwind, und der schwarze Vorhang entzog Himmel und Erde meinen Blicken.

Ich ging in meinem Arbeitszimmer auf und ab, der Fußboden knarrte unter meinen Füßen, der Kachelofen strahlte Wärme aus, irgendwo knabberte geschäftig eine Maus.

Nein, dachte ich, solange mich das Schicksal in dieser Einöde festhält, werde ich gegen die ägyptische Finsternis ankämpfen. Raffinadezucker ... unglaublich!

In meinen Träumen beim Schein der grünen Lampe entstand eine riesige Universitätsstadt, darin eine Klinik, in der Klinik ein riesiger Saal, gefliester Fußboden, glänzende Wasserhähne, sterile weiße Laken, ein Assistenzarzt mit sehr klugem ergrauendem Spitzbärtchen ...

Wenn es in solchen Momenten klopft, regt man sich auf und bekommt Angst. Ich zuckte zusammen ...

»Wer ist das, Axinia?« fragte ich, über das Treppengeländer gebeugt. (Die Arztwohnung hatte zwei Etagen: Oben lagen das Arbeitszimmer und die Schlafräume, unten das Eßzimmer, eine Stube unbekannter Bestimmung und die Küche, in welcher Axinia, die Köchin, und ihr Mann, der ständige Krankenhauswächter, untergebracht waren.)

Der schwere Riegel klirrte, unten huschte der Schein einer Laterne umher, Kälte strömte herauf. Dann meldete Axinia: »Ein Kranker ist eingetroffen.«

Ehrlich gesagt, ich freute mich. Zum Schlafen hatte ich noch keine Lust, und das Mäusegeknabber und die Erinnerungen hatten mir ein etwas wehmütiges Einsamkeitsgefühl gegeben. Ein Kranker, also keine Frau, also war das Schlimmste, eine Geburt, ausgeschlossen.

»Kann er gehen?«

Axinia bejahte gähnend.

»Na, dann soll er in mein Arbeitszimmer kommen.«

Die Treppe knarrte lange. Ein stattlicher Mann von großem Körpergewicht kam herauf. Ich saß bereits an meinem Schreibtisch, bemüht, meine vierundzwanzigjährige Lebhaftigkeit möglichst nicht den Berufsrahmen des Äskulapjüngers sprengen zu lassen. Meine Rechte ruhte auf dem Stethoskop wie auf einem Revolver.

Eine Gestalt in Schafpelz und Filzstiefeln zwängte sich zur Tür herein. Seine Mütze trug der Mann in der Hand.

»Warum kommen Sie denn so spät, Väterchen?« fragte ich würdevoll, um den Schein zu wahren.

»Entschuldigen Sie, Bürger Doktor«, antwortete der Mann mit angenehmem weichem Baß, »aber der Schneesturm ist das reinste Elend! Er hat uns aufgehalten, was will man machen, entschuldigen Sie bitte!«

Ein höflicher Mensch, dachte ich mit Vergnügen. Der Mann gefiel mir sehr, und selbst der dichte rote Bart machte mir einen guten Eindruck. Offensichtlich erfreute sich der Bart einer gewissen Pflege. Sein Besitzer stutzte ihn nicht nur, sondern behandelte ihn auch mit einer Substanz, in welcher ich, obwohl erst kurze Zeit Landarzt, unschwer billiges Öl erriet.

»Was gibt's? Legen Sie den Pelz ab. Wo kommen Sie her?«

Wie ein Berg türmte sich der Pelz auf dem Stuhl.

»Das Fieber hat mich zu sehr gequält«, antwortete der Patient und warf mir einen traurigen Blick zu.

»Fieber? Aha! Sie kommen aus Dulzewo?«

»Jawohl, ich bin der Müller.«

»Nun, und wie quält es Sie? Erzählen Sie!«

»Jeden Tag um Mitternacht bekomme ich Kopfschmerzen, dann wird mir glühend heiß ... An die zwei Stunden habe ich Fieber, dann hört es wieder auf.«

Die Diagnose ist fertig! klang es siegesbewußt in meinem Kopf.

»Und in den übrigen Stunden geht's Ihnen gut?«

»Die Beine sind schwach.«

»Aha ... Knöpfen Sie auf! Hm ... soso.«

Bei der Untersuchung bezauberte mich der Kranke geradezu. Nach all den unvernünftigen alten Weiblein und ängstlichen Halbwüchsigen, die entsetzt vor dem Metallspatel zurückwichen, und nach dem morgendlichen Spaß mit dem Belladonna konnte mein Universitätsblick auf dem Müller ausruhen.

Seine Rede war vernünftig. Außerdem konnte er lesen und schreiben, und jede seiner Gesten war durchdrungen von Hochachtung für die Wissenschaft, die ich als meine Lieblingswissenschaft ansehe – die Medizin.

»Hören Sie zu, mein Lieber«, sagte ich, während ich die ungeheuer breite, warme Brust abklopfte, »Sie haben Malaria. Wechselfieber. Ich habe gerade ein Krankenzimmer frei. Ich rate Ihnen dringend, sich bei mir hinzulegen. Wir werden Sie sorgsam beobachten. Ich behandle Sie mit Pulvern, und wenn das nicht hilft, geben wir Ihnen Spritzen. Wir werden schon damit fertig! Na? Einverstanden?«

»Ich danke Ihnen ergebenst!« antwortete der Müller sehr höflich. »Ich habe schon viel von Ihnen gehört. Alle sind zufrieden. Sagen, Sie helfen einem wunderbar. Ich bin auch mit den Spritzen einverstanden, wenn ich bloß gesund werde.«

Nein, das ist wirklich ein Lichtstrahl in der Finsternis! dachte ich und setzte mich zum Schreiben an den Tisch. Ich empfand so viel Sympathie, als hätte mich nicht ein fremder Müller, sondern mein leiblicher Bruder im Krankenhaus besucht.

Ich schrieb auf ein Rezeptformular:

Mur. chinini 0,5
D. tal. dos. N. X
S. Müller Chudow
jeweils um Mitternacht 1 Pulver.

Darunter setzte ich schwungvoll meinen Namenszug. Auf ein anderes Formular schrieb ich:

»Pelageja Iwanowna, bringen Sie den Müller in Zimmer 2 unter. Er hat Malaria. Jeweils ein Chininpulver um Mitternacht. Hier haben Sie eine Ausnahme! Ein intelligenter Müller!«

Als ich schon im Bett lag, brachte mir Axinia unter mürrischem Gähnen einen Antwortzettel:

»Lieber Doktor, alles ausgeführt. Pel. Iw. Lobowa.«

Ich schlief ein.

Und erwachte.

»Was hast du? Was ist? Was ist los, Axinia?« murmelte ich. Axinia stand in der Tür und hielt sich schamhaft einen weißgetupften dunklen Rock vor. Eine Stearinkerze beleuchtete flackernd ihr verschlafenes und besorgtes Gesicht.

»Marja kam eben angelaufen. Pelageja Iwanowna läßt sagen, Sie möchten sofort kommen.«

»Was ist denn los?«

»Sie sagt, der Müller liegt im Sterben.«

»Waas? Im Sterben? Wie ist denn das möglich?«

Sofort fuhren meine bloßen Füße auf den kalten Fußboden, ohne die Pantoffeln zu finden. Ich brach mehrere Streichhölzer ab und fummelte lange am Brenner herum, bis endlich ein bläuliches Flämmchen aufflackerte. Die Uhr zeigte genau sechs. Was ist da passiert? Was ist passiert? Hat er etwa nicht Malaria? Aber was sonst? Der Puls ist doch wunderschön …

Höchstens fünf Minuten später sauste ich in verdreht angezogenen Socken und in Filzstiefeln, zerzaust und mit offenem Jackett über den stockdunklen Hof nach Zimmer 2.

Im aufgedeckten Bett saß neben dem zerknüllten Laken, nur mit Krankenhausunterwäsche bekleidet, der Müller. Ein kleines Petroleumlämpchen beleuchtete ihn. Sein roter Bart war zerrauft, die Augen kamen mir schwarz und riesengroß vor. Er schwankte wie betrunken. Voller Entsetzen blickte er um sich, atmete schwer …

Die Nachtschwester Marja starrte offenen Mundes in sein dunkelrotes Gesicht.

Pelageja Iwanowna, im schief angezogenen Kittel und barhäuptig, stürzte mir entgegen.

»Doktor!« rief sie heiser. »Ich schwöre Ihnen, ich kann nichts dafür! Wer hätte auch so etwas gedacht? Sie haben doch selber geschrieben, er sei intelligent ...«

»Was ist denn los?«

Pelageja Iwanowna schlug die Hände zusammen und sagte:

»Stellen Sie sich vor, Doktor! Er hat sämtliche zehn Pulver Chinin auf einmal geschluckt! Um Mitternacht.«

Trüb graute der Wintermorgen. Demjan Lukitsch räumte die Magensonde weg. Es roch nach Kampferöl. Die Schüssel am Fußboden war voll mit einer bräunlichen Flüssigkeit. Bleich und entkräftet lag der Müller da, bis zum Kinn mit einem weißen Laken bedeckt. Der rote Bart ragte aufwärts. Ich beugte mich über ihn, fühlte ihm den Puls und überzeugte mich, daß er mit einem blauen Auge davongekommen war.

»Na, wie fühlen wir uns?« fragte ich.

»Vor meinen Augen herrscht ägyptische Finsternis ... Oh, oh«, antwortete der Müller mit schwachem Baß.

»Vor meinen auch!« sagte ich gereizt.

»Hä?« machte der Müller (er hörte noch schlecht).

»Erklär mir bloß das eine, Onkel, warum hast du das gemacht?« schrie ich ihm ins Ohr.

Unwirsch und feindselig gab der Baß zur Antwort:

»Na ja, ich dachte, dann brauchen Sie bei mir nicht mit den einzelnen Pülverchen herumzutrödeln. Nimmst sie auf einmal, dann ist Schluß.«

»Ungeheuerlich!« rief ich aus.

»Wieder ein Witz!« giftete der Feldscher unbeherrscht.

Doch, ich werde kämpfen. Ich werde ... Ich ... Nach der schweren Nacht hüllte mich süßer Schlaf ein. Wie ein

Schleier zog sich die ägyptische Finsternis in die Länge ...
mittendrin ich ... in der Hand ein Schwert, oder ist es ein
Stethoskop? Ich gehe ... ich kämpfe ... In der Einöde. Aber
nicht allein. Da kommt meine Streitmacht: Demjan
Lukitsch, Anna Nikolajewna, Pelageja Iwanowna. Alle im
weißen Kittel, immer vorwärts, vorwärts ...

Der Schlaf ist eine gute Sache!

1926

Das verschwundene Auge

Ein Jahr ist nun also vergangen. Genau ein Jahr, seit ich in dieses Haus gekommen bin. Genau wie jetzt hing damals vor den Fenstern ein Regenschleier, genauso wehmütig baumelten die letzten gelben Blätter an den Birken. Nichts scheint sich ringsum verändert zu haben. Nur ich habe mich sehr verändert. Ich werde in gänzlicher Einsamkeit einen Erinnerungsabend verbringen …

Über die knarrenden Dielen gehe ich in mein Schlafzimmer und blicke in den Spiegel. Ja, der Unterschied ist groß. Vor einem Jahr hat mir aus dem Spiegel, den ich dem Koffer entnommen habe, ein glattrasiertes Gesicht entgegengesehen. Ein schräger Scheitel hat das dreiundzwanzigjährige Haupt geschmückt. Jetzt ist der Scheitel verschwunden. Die Haare sind anspruchslos nach hinten gekämmt. Mit einem Scheitel kann ich dreißig Werst von der Eisenbahn entfernt niemanden beeindrucken. Das gleiche gilt für die Rasur. Auf der Oberlippe hat sich ein Streifen eingenistet, wie eine harte vergilbte Zahnbürste anzuschauen, die Wangen sind wie Reibeisen, und es ist angenehm, den Oberarm daran zu scheuern, wenn er während der Arbeit juckt. So ist das, wenn man sich nicht dreimal, sondern bloß einmal in der Woche rasiert.

Da habe ich mal, ich weiß nicht mehr wo, von einem Engländer gelesen, der auf eine unbewohnte Insel verschlagen wurde. Es war ein interessanter Engländer. Er hockte auf seiner Insel, bis er Halluzinationen bekam. Und als sich ein Schiff der Insel näherte und ein Boot mit Rettern zu Wasser ließ, empfing sie der Einsiedler mit Revolverschüssen, denn er hielt sie für ein Trugbild, für eine Fata Morgana auf der Wasserwüste. Aber er war glattrasiert. Er hatte sich auf der unbewohnten Insel jeden Tag rasiert. Ich weiß noch, welche Hochachtung mir dieser stolze Sohn Britanniens abnötigte. Und als ich hierherfuhr, hatte ich im Koffer einen Rasierapparat »Gillette« und dazu ein Dutzend Klingen, außerdem Rasiermesser und Pinsel. Und ich war fest entschlossen, mich alle zwei Tage zu rasieren, denn die Gegend hier unterschied sich in nichts von einer unbewohnten Insel.

Eines Tages, es war im hellen April, hatte ich alle diese englischen Prachtgeräte in einem schrägen Sonnenstrahl vor mir ausgebreitet und soeben die rechte Wange auf Hochglanz gebracht, als Jegorytsch in zerrissenem Schuhwerk bei mir hereinstampfte wie ein Gaul und meldete, im Naturschutzgebiet am Ufergebüsch finde eine Entbindung statt. Ich weiß noch, wie ich mir mit dem Handtuch die linke Wange abwischte und mit Jegorytsch hinausstürmte. Zu dritt liefen wir zum Fluß, der trüb und angeschwollen zwischen kahlen Weidengruppen hindurchströmte – die Hebamme mit Gefäßklemmen, Mullbündel und Jodfläschchen, ich mit weit aufgerissenen irren Augen und hinterher Jegorytsch. Alle fünf Schritt hockte er sich hin und zerrte fluchend an seinem linken Schuh, von dem die Sohle abging. Wind blies uns entgegen, der herrliche wilde Wind des russischen Frühlings. Die Hebamme Pelageja Iwanowna hatte den Kamm aus den Haaren verloren, die ihr nun, vom Wind zerzaust, aufgelöst um die Schultern flatterten.

»Warum zum Teufel versäufst du dein ganzes Geld?« knurrte ich im Laufen Jegorytsch an. »Schweinerei. Bist Krankenhauswächter und läufst rum wie ein Landstreicher.«

»Was denn für Geld«, fauchte Jegorytsch zurück, »für lumpige fünfundzwanzig Rubel im Monat muß ich Märtyrerqualen ausstehen. Ach, verfluchter Schuh!« Er stampfte auf wie ein wütender Traber. »Das Geld reicht nicht mal zum Sattwerden, geschweige denn für Schuhe …«

»Trinken ist doch für dich die Hauptsache«, zischte ich keuchend, »darum läufst du so zerlumpt rum …«

Von dem morschen Brücklein her flog ein dünner kläglicher Schrei über das Hochwasser hinweg und erlosch.

Wir eilten hinzu und erblickten eine zerzauste, zusammengekrümmte Frau. Das Tuch war ihr heruntergerutscht, die Haare klebten an der schweißigen Stirn, qualvoll rollte sie die Augen und krallte die Fingernägel in ihren Schafpelz. Hellrotes Blut befleckte das erste spärliche blaßgrüne Gras, das aus der fetten, wassergetränkten Erde sproß.

»Sie hat's nicht geschafft, nicht geschafft«, sagte hastig Pelageja Iwanowna und wickelte, mit ihren flatternden Haaren einer Hexe ähnlich, ihr Bündel aus.

Und hier, unter dem lustigen Rauschen des Wassers, das die dunklen Brückenbohlen überspülte, holten Pelageja Iwanowna und ich einen Säugling männlichen Geschlechts. Er lebte, und wir brachten auch die Mutter durch. Dann schafften zwei Schwestern und Jegorytsch die Mutter auf einer Trage ins Krankenhaus, letzterer links barfuß, denn er hatte endlich die verhaßte mürbe Sohle abgerissen.

Als sie still und bleich im Bett lag und mit einem Laken zugedeckt war, als der Säugling in der Wiege neben ihr schlief und alles seine Ordnung hatte, fragte ich sie:

»Konntest du dir keinen besseren Platz für die Entbindung aussuchen als bei der Brücke, Mutter? Warum bist du denn nicht mit dem Pferd gekommen?«

»Der Schwiegervater hat's nicht rausgerückt«, antwortete sie. »Sind ja bloß fünf Werst, hat er gesagt, das schaffst du schon. Bist ja ein gesundes Weib. Was sollen wir das Pferd umsonst abjagen ...«

»Ein Dummkopf ist dein Schwiegervater und ein Schuft«, antwortete ich.

»Ach, was ist doch das Volk unwissend«, fügte Pelageja Iwanowna mitleidig hinzu, dann kicherte sie.

Ich wurde gewahr, daß sie meine linke Wange ansah.

Ich ging hinaus und blickte im Entbindungsraum in den Spiegel. Der Spiegel zeigte, was er immer zeigte: ein schiefes Gesicht von eindeutig degeneriertem Typ mit gleichsam angeschlagenem rechtem Auge. Aber – und daran war nicht der Spiegel schuld – die rechte Wange war glatt wie ein Tanzparkett, auf der linken hingegen wucherte dichtes rötliches Gestrüpp. Das Kinn markierte die Grenze. Ein gelb eingebundenes Buch mit der Aufschrift »Sachalin« kam mir in den Sinn. Es enthielt Fotos verschiedener Männer.

Mord, Einbruch, blutige Axt, dachte ich, zehn Jahre … Was habe ich doch für ein originelles Leben auf meiner unbewohnten Insel. Ich muß mich fertig rasieren …

Die von den schwarzen Feldern herüberwehende Aprilluft atmend, dem Krähengekrächz in den Birkenwipfeln lauschend und in die erste Sonne blinzelnd, ging ich über den Hof, um mich fertig zu rasieren. Das war gegen drei Uhr nachmittags. Fertig rasiert war ich um neun Uhr abends. Mir ist aufgefallen, daß in Murjewo Überraschungen wie die Entbindung im Gebüsch niemals allein kommen. Kaum hatte ich meine Haustürklinke niedergedrückt, da zeigte sich im Tor ein Pferdemaul, der schmutzstarrende Wagen wurde heftig gerüttelt. Auf dem Kutschbock saß eine Frau, sie rief mit dünner Stimme: »Halt, du Satan!«

Von meiner Vortreppe aus hörte ich einen eingemummten kleinen Jungen wimmern.

Natürlich hatte er ein gebrochenes Bein, und ich hatte mit dem Feldscher zwei Stunden lang zu tun, es einzugipsen, wobei der Junge zwei Stunden lang heulte. Dann mußte ich Mittag essen, dann war ich zu faul zum Rasieren und wollte ein bißchen schmökern, doch schon schlich die Dämmerung heran, die Ferne verschwamm, und unter kläglichen Grimassen rasierte ich mich fertig. Da aber der gezahnte Gillette-Apparat vergessen im Seifenwasser gelegen hatte, blieb auf ihm für immer ein Roststreifen zurück als Andenken an die Frühlingsgeburt bei der Brücke.

Ja, zweimal in der Woche rasieren hat keinen Zweck. Manchmal waren wir gänzlich eingeschneit, ein geradezu überirdischer Schneesturm heulte, wir saßen zwei Tage lang im Krankenhaus Murjewo fest und schickten nicht einmal jemanden die neun Werst nach Wosnessensk, um Zeitungen zu holen. An den Abenden tigerte ich stundenlang durchs Zimmer und war nach Zeitungen so ausgehungert wie als Kind nach Coopers »Pfadfindern«. Dennoch verdarben die englischen Manieren nicht gänzlich auf der unbewohnten Insel Murjewo, und von Zeit zu Zeit entnahm ich dem schwarzen Futteral das glänzende Spielzeug, rasierte mich träge und stolzierte glatt und sauber einher wie der stolze Insulaner. Schade bloß, daß keiner da war, meinen Anblick zu genießen.

Moment ... ja ... da gab es doch noch einen Fall ... ich weiß noch, ich holte den Rasierapparat hervor, und Axinia hatte mir gerade einen abgestoßenen Becher mit heißem Wasser ins Arbeitszimmer gebracht, als es unheilvoll an der Tür klopfte und ich gerufen wurde. Pelageja Iwanowna und ich fuhren, in unsere Schafpelze gewickelt, in eine schreckliche Ferne, jagten dahin wie ein schwarzes Gespenst, bestehend aus Pferden, dem Kutscher und uns, durch einen tobenden weißen Ozean. Der Schneesturm pfiff wie eine Hexe, heulte, spuckte, lachte, alles war zum Teufel gegangen oder unsichtbar geworden, und ich spürte die wohlbekannte Kälte in der Gegend des Solarplexus bei dem Gedanken, wir könnten in dieser satanisch wirbelnden Finsternis vom Weg abkommen und allesamt in der Nacht zugrunde gehen: Pelageja Iwanowna, der Kutscher, die Pferde und ich. Ich weiß noch, mir kam der närrische Gedanke, ich müßte beim drohenden Erfrieren, wenn wir halb zugeschneit waren, der Hebamme, mir und dem Kutscher Morphium injizieren. Wozu? Damit wir uns nicht so lange quälten ... Du wirst auch ohne Morphium bildschön erfrieren, Doktor, antwortete mir, das weiß ich noch, eine trockene und gesunde Stimme, es nützt dir nichts ... Huhuuh! Hassss! pfiff die Hexe, und der Schlitten rüttelte uns durch und durch ... Nun ja, die Zeitung in der Hauptstadt würde auf der letzten Seite die Meldung bringen, so und so, in Ausübung ihrer Dienstpflichten seien Doktor Derundder, Pelageja Iwanowna, ein Kutscher und ein Gespann Pferde ums Leben gekommen. Friede ihrer Asche in dem Meer aus Schnee. Puh ... was einem so alles in den Kopf kommt, wenn einen die sogenannte Dienstpflicht stundenlang durch die Gegend schleppt ...

Wir sind nicht ums Leben gekommen, wir haben uns nicht verirrt, wir erreichten das Dorf Gristschewo, wo ich zum zweitenmal in meinem Leben eine Wendung auf den Fuß vornahm. Die Kreißende war die Frau des Dorflehrers, und während Pelageja Iwanowna und ich mit bis zum Ellbogen blutigen Armen und schweißverklebten Augen uns im Lampenlicht mit der Wendung abrackerten, hörten wir den Lehrer hinter der Brettertür stöhnend umherlaufen. Unter dem Wimmern der Mutter und seinem unablässigen Schluchzen geschah es, im Vertrauen gesagt, daß ich dem Säugling das Ärmchen brach. Das Kind kam tot zur Welt. Ach, wie mir der Schweiß den Rücken hinunterlief! Augenblicklich schoß mir durch den Kopf, gleich würde ein drohender, finsterer und riesengroßer Mann hereinstürmen und mit steinerner Stimme sagen: Aha! Man entziehe ihm das Diplom!

Starr blickte ich auf das tote gelbe Körperchen und auf die wachsbleiche Mutter, die reglos im Chloroformrausch lag. Durch die Fensterklappe, die wir für einen Moment geöffnet hatten, um den schwülen Chloroformdunst zu vertreiben, schlug ein Streifen Schneesturm herein und verwandelte sich in eine Dampfwolke. Ich machte die Klappe zu und starrte wieder auf das hilflos baumelnde Ärmchen in den Händen der Hebamme. Ach, unbeschreiblich die Verzweiflung, in der ich allein nach Hause zurückkehrte; ich hatte Pelageja Iwanowna dagelassen, damit sie die Mutter pflegte. Im abgeflauten Schneesturm rüttelte mich der Schlitten durch, die düsteren Wälder blickten vorwurfsvoll, hoffnungslos, verzweifelt. Ich fühlte mich besiegt, zerschlagen, gewürgt von einem grausamen Schicksal. Es hatte mich in diese Einöde verschlagen und zwang mich, allein zu kämpfen, ohne jegliche Unterstützung und Beratung. Welch unermeßliche Schwierigkeiten werde ich noch zu überstehen haben! Jederzeit kann man mir einen wer weiß wie vertrackten oder komplizierten Fall bringen, einen chirurgischen Fall zumeist, und ich muß ihm gegenübertreten mit meinem unrasierten Gesicht und muß ihn besiegen. Besiege ich ihn nicht, dann kann ich mich zermartern wie jetzt, wo ich durch die Schlaglöcher rumple und den kleinen Leichnam und die Mutter hinter mir zurückgelassen habe. Morgen, wenn der Schneesturm sich gelegt hat, schafft Pelageja Iwanowna die Frau zu mir ins Krankenhaus, und es ist noch sehr die Frage, ob es mir gelingt, sie durchzubringen. Wie soll ich sie auch durchbringen? Wie ist dieses große Wort zu verstehen? Eigentlich handle ich auf gut Glück und weiß nichts. Nun, bislang habe ich Schwein gehabt. Mir sind erstaunliche Heilungen gelungen, doch heute hatte ich Pech. Ach, wie mir das aufs Herz drückt, die Einsamkeit, die Kälte, das Fehlen jeglichen Umgangs. Vielleicht habe ich sogar ein Verbrechen begangen – das Ärmchen. Ich müßte irgendwohin fahren, irgendwem zu Füßen fallen und sagen, so und so, ich sei Doktor Derundder und hätte einem Säugling das Ärmchen gebrochen. Nehmt mir das Diplom weg, ich bin seiner unwürdig, liebe Kollegen, schickt mich nach Sachalin. Puh, ich werde schon neurasthenisch!

Ich legte mich auf den Schlittenboden, krümmte mich zusammen, damit die Kälte nicht mehr so schrecklich an mir fraß, und fühlte mich wie ein jämmerliches Hündchen, unbeholfen, obdachlos.

Lange, lange fuhren wir, bis mir endlich das kleine, doch so freundliche, heimatliche Laternchen am Krankenhaustor entgegenleuchtete. Es zwinkerte, schmolz, flammte auf, verschwand wieder, lockte. Bei seinem Anblick wurde mir etwas leichter um das einsame Herz, und als die Laterne schon nicht mehr verschwand, als sie wuchs und näher kam, als die Mauern des Krankenhauses nicht mehr schwarz, sondern weißlich aussahen und ich zum Tor hineinfuhr, sagte ich schon zu mir selber:

Das mit dem Ärmchen ist doch Quatsch. Unwichtig. Du hast einem toten Kind den Arm gebrochen. Denke nicht an den Arm, sondern daran, daß die Mutter lebt.

Die Laterne munterte mich auf, ebenso die wohlbekannte Vortreppe, und doch, als ich schon zu meinem Arbeitszimmer hinaufstieg, die Wärme des Ofens spürte und im voraus den Schlaf genoß, den Retter von allen Qualen, murmelte ich vor mich hin: »Schön und gut, aber trotzdem ist es gräßlich und einsam. Furchtbar einsam.«

Der Rasierapparat lag auf dem Tisch neben dem Becher mit dem kalt gewordenen Wasser. Verächtlich warf ich ihn in die Schublade. Wahrhaftig, sehr dringend, sich jetzt zu rasieren …

Doch nun ist ein ganzes Jahr herum. Während es sich hinzog, erschien es vielgesichtig, vielgestaltig, schwierig und schrecklich, dabei weiß ich jetzt, es ist vorübergeflogen wie ein Orkan. Ich blicke in den Spiegel und sehe die Spuren, die es in meinem Gesicht hinterlassen hat. Die Augen sind ernster und ruheloser geworden, der Mund selbstsicherer und männlicher, und die Falte über der Nasenwurzel wird mir ebenso fürs ganze Leben bleiben wie meine Erinnerungen. Ich sehe sie im Spiegel, ungestüm eilen sie dahin. Verzeihung, wann hatte ich doch noch geschlottert beim Gedanken an mein Diplom und mir ausgemalt, ein phantastisches Gericht würde über mich verhandeln und drohende Richter würden mich fragen:

»Und der Kiefer des Soldaten? Antworte, du Missetäter, der die Universität absolviert hat!«

Wie könnte ich das je vergessen! Die Sache war die: Obwohl es den Feldscher Demjan Lukitsch gab, der den Leuten die Zähne so geschickt aus dem Mund zog wie ein Zimmermann rostige Nägel aus alten Brettern, sagte mir mein Gefühl für Takt und die eigene Würde schon bei meinen ersten Schritten im Krankenhaus Murjewo, ich müsse selber lernen, Zähne zu ziehen. Demjan Lukitsch konnte ja auch mal abwesend oder krank sein, und die Hebammen bei uns konnten alles, nur eines nicht, Verzeihung – Zähne ziehen, das war nicht ihre Aufgabe.

Also ... ich sehe noch das herrlich rotwangige, doch schmerzzerquälte Gesicht vor mir auf dem Hocker. Ein Soldat war es, nach der Revolution mit den anderen von der zerfallenen Front nach Hause zurückgekehrt. Ganz genau erinnere ich mich an den riesigen, fest im Kiefer sitzenden, kräftigen Zahn mit dem Loch. Mein Gesicht in weise Falten legend und besorgt ächzend, faßte ich den Zahn mit der Zange, wobei mir Tschechows bekannte Erzählung in den Sinn kam, wie einem Küster der Zahn gezogen ward. Und zum erstenmal dachte ich, daß diese Erzählung kein bißchen komisch sei. Im Mund knirschte es laut, der Soldat jaulte: »Auuu!«

Der Widerstand unter meiner Hand hörte auf, die Zange sprang aus dem Mund und brachte eingeklemmt einen blutigen weißen Gegenstand zum Vorschein. Es gab mir einen Stich ins Herz, denn dieser Gegenstand übertraf an Größe jeden Zahn, selbst den Backenzahn eines Soldaten. Zunächst begriff ich überhaupt nichts, doch dann hätte ich fast aufgeschluchzt, denn die Zange hielt zwar tatsächlich einen Zahn mit riesenlangen Wurzeln, doch an dem Zahn hing ein gewaltiges weißgezacktes Stück Knochen.

Ich hab ihm den Kiefer zerbrochen, dachte ich, und meine Knie gaben nach. Das Schicksal segnend, weil weder der Feldscher noch die Hebammen zugegen waren, wickelte ich die Frucht meiner verwegenen Arbeit heimlich in Mull und schob sie in die Tasche. Der Soldat wankte auf dem Hocker, die eine Hand um ein Bein des Gebärstuhls gekrampft, die andere um ein Hockerbein, und starrte mich mit vorquellenden irren Augen an. Verstört gab ich ihm ein Glas mit Kalilösung und befahl ihm:

»Spül nach.«

Das war eine Dummheit. Er nahm einen Schluck von der Lösung, und als er sie in die Schale ausspuckte, hatte sie sich unterwegs mit rotem Soldatenblut vermengt und erschien nun als dicke Flüssigkeit von nie gesehener Farbe.

Dann schoß ihm ein Blutstrom aus dem Mund, so daß ich erstarrte. Hätte ich dem Ärmsten mit einem Rasiermesser die Kehle aufgeschnitten, es hätte kaum heftiger sprudeln können. Ich stellte das Kaliglas weg, stürzte mich mit Mull auf den Soldaten und stopfte das Loch im Kiefer zu. Der Mull färbte sich im Nu dunkelrot, und als ich ihn herauszog, sah ich zu meinem Entsetzen, daß man in dem Loch mühelos eine große Pflaume unterbringen konnte.

Den hab ich schön zugerichtet, dachte ich verzweifelt und zerrte lange Mullstreifen aus der Dose. Endlich versiegte der Blutstrom, und ich pinselte das Loch im Kiefer mit Jod aus.

»Drei Stunden nichts essen«, sagte ich mit zitternder Stimme zu meinem Patienten.

»Ich danke ergebenst«, erwiderte der Soldat und betrachtete etwas verwundert die mit seinem Blut gefüllte Schale.

»Hör zu, Freund«, sagte ich kläglich, »morgen oder übermorgen kommst du wieder her. Verstehst du, ich muß noch mal nachsehen ... Der Zahn daneben sieht verdächtig aus ... Einverstanden?«

»Ergebensten Dank«, antwortete der Soldat mürrisch und ging, sich die Wange haltend. Ich stürzte ins Sprechzimmer und saß dort eine Zeitlang, den Kopf in beiden Händen, wankend, als hätte ich selbst Zahnschmerzen. An die fünfmal holte ich den harten, blutigen Klumpen aus der Tasche und steckte ihn wieder ein.

Eine Woche lang lebte ich wie im Nebel, magerte ab und siechte hin.

Der Soldat kriegt eine Gangrän, eine Blutvergiftung ... Verdammt noch mal! Was mußte ich mich mit der Zange aufdrängen?

Meine Phantasie malte mir grausige Bilder. Den Soldaten fängt es an zu schütteln. Noch geht er umher, erzählt allerwärts von Kerenski und der Front, doch dann wird er immer stiller, der Sinn steht ihm nicht mehr nach Kerenski. Nun liegt er auf einem Kattunkissen und phantasiert. Er hat vierzig Fieber. Das ganze Dorf besucht ihn. Dann liegt er mit spitzer Nase auf dem Tisch vor den Heiligenbildern.

Im Dorf kommt Gerede auf.

»Was hatte er?«

»Der Doktor hat ihm 'n Zahn gezogen …«

»Das ist es …«

Je länger, je schlimmer. Untersuchung. Ein finsterer Mann fährt vor.

»Haben Sie dem Soldaten einen Zahn gezogen?«

»Ja, ich.«

Der Soldat wird exhumiert. Gerichtsverhandlung. Schande. Ich bin schuld an seinem Tod. Und dann bin ich kein Arzt mehr, sondern ein über Bord geworfener Unglücklicher, genauer gesagt, ein gewesener Mensch.

Der Soldat kam nicht, ich war bedrückt, der Klumpen trocknete im Schreibtisch. Ich mußte in die Kreisstadt, um das Gehalt für das Personal zu holen, in einer Woche erst, doch ich fuhr bereits nach fünf Tagen und suchte zunächst den Arzt des Kreiskrankenhauses auf. Der Mann mit dem verräucherten Bärtchen arbeitete schon fünfundzwanzig Jahre hier und hatte große Erfahrung. Am Abend saß ich bei ihm im Arbeitszimmer, trank verzagt Tee mit Zitrone und zupfte am Tischtuch, doch endlich hielt ich's nicht mehr aus und setzte weitschweifig zu einer nebulosen, heuchlerischen Rede an, es gebe doch manchmal so Fälle … wenn jemand einen Zahn ziehe … und dabei den Kiefer anknackse … da könne es doch zu einer Gangrän kommen, nicht wahr? Wissen Sie, ein Stück Knochen … ich habe mal gelesen …

Der andere hörte geduldig zu und fixierte mich mit seinen ausgeblichenen Augen unter zottigen Brauen, und auf einmal sagte er:

»Sie haben ihm das Zahnfach ausgebrochen. Sind mir ein schöner Zahnzieher. Lassen Sie den Tee stehen, trinken wir einen Wodka vor dem Abendbrot.«

Damit verschwand mein Peiniger, der Soldat, für immer aus meinem Kopf.

Ach, Spiegel der Erinnerung! Ein Jahr ist vergangen. Wie komisch, jetzt an den Zahn zu denken! Allerdings werde ich nie so gut Zähne ziehen wie Demjan Lukitsch. Woher auch! Er zieht täglich an die fünf und ich nur einen in vierzehn Tagen. Trotzdem kann ich es so gut, wie viele es können möchten. Ich breche kein Zahnfach mehr aus, und passierte es mir wieder, so würde ich nicht den Kopf verlieren.

Aber was sind schon Zähne! Was habe ich in diesem unwiederholbaren Jahr nicht alles gesehen und gemacht!

Der Abend fließt ins Zimmer. Schon brennt die Lampe, und ich mache, in bitteren Tabaksqualm gehüllt, Bilanz. Mein Herz ist voll Stolz. Ich habe zwei Oberschenkel amputiert, und die Zehen kann ich nicht mehr zählen. Ausschabungen stehen hier achtzehn notiert. Ein Bruch. Ein Luftröhrenschnitt. Ich habe ihn gemacht, und er verlief erfolgreich. Wie viele riesige Eiterbeulen habe ich geöffnet! Und dann die Bandagen bei Knochenbrüchen. Gips- und Stärkebandagen. Verrenkungen gerichtet. Intubationen. Entbindungen. Kommen Sie, womit Sie wollen. Einen Kaiserschnitt werde ich nicht machen, das stimmt. Den kann man in die Stadt schicken. Aber Zangengeburten, Wendungen – soviel Sie wollen.

Ich erinnere mich an mein Staatsexamen in Gerichtsmedizin. Der Professor sagte:

»Sprechen Sie über Schußwunden aus geringer Entfernung.«

Ich legte beherzt los, sprach lange, und vor meinem visuellen Gedächtnis schwebte eine Seite aus einem dickleibigen Lehrbuch vorüber. Endlich war ich ausgepumpt, der Professor musterte mich angewidert und sagte knarrend:

»Bei Schußwunden aus geringer Entfernung passiert nichts von allem, was Sie erzählt haben. Wieviel Einsen haben Sie schon?«

»Fünfzehn«, antwortete ich.

Er setzte eine Drei neben meinen Namen, und ich ging in Nebel und Schande davon …

Ging davon, fuhr bald darauf nach Murjewo, und nun bin ich hier allein. Weiß der Teufel, was bei Schußwunden aus geringer Entfernung passiert, aber als hier vor mir auf dem Operationstisch ein Mann mit blasig-rosa Blutschaum vor dem Mund lag, verlor ich da etwa den Kopf? Nein, obwohl seine ganze Brust aus geringer Entfernung von Wolfsschrot zerfetzt war, ich die Lunge sehen konnte und das Brustfleisch zerrissen herunterhing. Anderthalb Monate später verließ er das Krankenhaus lebendig. In der Universität war ich kein einziges Mal für würdig befunden worden, eine Geburtszange in die Hand zu nehmen, hier hingegen habe ich sie, freilich zitternd, sehr bald benutzt. Ich will nicht leugnen, daß ich einen merkwürdigen Säugling holte: Die eine Kopfhälfte war geschwollen, blaurot, ohne Auge. Mir wurde eiskalt. Dumpf nur hörte ich Pelageja Iwanownas Trostworte:

»Macht nichts, Doktor, Sie haben ihm das eine Zangenblatt über das Auge gelegt.«

Ich zitterte zwei Tage lang, dann sah der Kopf normal aus.

Was habe ich nicht für Wunden vernäht! Was habe ich nicht alles gesehen an eitrigen Rippenfell- und Lungenentzündungen, an Typhus, Krebs, Syphilis, Brüchen (und sie zurückgedrängt), Hämorrhoiden, Sarkomen!

Hingerissen schlage ich das Patientenbuch auf und addiere eine Stunde lang. Dann bin ich fertig. In dem einen Jahr bis zum heutigen Abend habe ich 15 613 Patienten behandelt. An stationären Fällen hatte ich 200, und gestorben sind nur sechs.

Ich klappe das Buch zu und gehe schlafen. Als vierundzwanzigjähriger Jubilar liege ich im Bett und denke im Einschlafen daran, welch riesige Erfahrung ich jetzt besitze. Was habe ich zu fürchten? Nichts. Ich habe Erbsen aus Knabenohren geholt, habe geschnitten, geschnitten, geschnitten ... Meine Hand ist mutig, sie zittert nicht. Ich habe alle möglichen Vertracktheiten gesehen und habe gelernt, Weiberreden zu verstehen, die kein Mensch versteht. Ich kenne mich darin aus wie Sherlock Holmes in geheimnisvollen Dokumenten ... Der Schlaf kommt immer näher ...

»Ich kann mir wahrhaftig nicht vorstellen«, brumme ich im Einschlafen, »daß man mir einen Fall bringen könnte, der mich in die Sackgasse führte. In der Hauptstadt wird man vielleicht sagen, dies sei Feldscherismus ... sollen sie ... Die haben gut reden in ihren Kliniken und Universitäten ... und Röntgenräumen ... ich muß hier ... alles machen ... und die Bauern brauchen mich ... Was habe ich früher gezittert, wenn es klopfte, wie habe ich mich innerlich vor Angst gekrümmt ... Jetzt aber ...«

»Wann ist das passiert?«
    »Vor einer Woche, Väterchen, eine Woche ist es her, mein Lieber, da ist es herausgetreten ...«
    Die Frau schniefte.
    Der graue Oktobermorgen des ersten Tages meines zweiten Jahres schaute zum Fenster herein. Gestern abend hatte ich vor dem Einschlafen stolz geprahlt, heute morgen stand ich im Kittel da und blickte verwirrt ...
    Sie hielt den einjährigen Knaben wie ein Holzscheit in den Armen, und der Knabe hatte kein linkes Auge. Statt des Auges quoll aus den gespannten, entzündeten Lidern eine gelbliche Kugel von der Größe eines kleinen Apfels. Der Knabe schrie und strampelte qualvoll, die Frau schniefte. Ich war fassungslos.
    Ich untersuchte das Ding von allen Seiten. Demjan Lukitsch und eine der Hebammen standen hinter mir.
    Sie schwiegen, hatten so etwas auch noch nie gesehen.
    Was ist das ... Ein Gehirnbruch ... Hm ... der Junge lebt ... Ein Sarkom ... Hm ... ziemlich weich ... Eine nie gesehene, unheimliche Geschwulst ... wo die bloß herkommt ... Hat sich wohl aus dem früheren Auge entwickelt ... Vielleicht war nie ein Auge da ... Jedenfalls ist jetzt keins da ...
    »Hör zu«, sagte ich in einer Eingebung, »ich muß das Ding herausschneiden ...«
    Und schon stellte ich mir vor, wie ich das Lid einschneide, zur Seite ziehe und ...

86

Und was? Was dann weiter? Vielleicht kommt das wirklich aus dem Gehirn ... Puh, verdammt ... Ziemlich weich ... ähnlich wie Gehirn ...

»Schneiden?« fragte die Frau erbleichend. »Am Auge schneiden? Damit bin ich nicht einverstanden ...«

Entsetzt wickelte sie den Säugling in seine Tücher.

»Er hat ja kein Auge«, antwortete ich entschieden, »sieh doch selber, wo soll es denn sein? Dein Säugling hat eine merkwürdige Geschwulst ...«

»Geben Sie ihm Tropfen«, sagte die Frau entsetzt.

»Was redest du da, willst du mich verspotten? Was denn für Tropfen? Hier helfen keine Tropfen!«

»Was denn, soll er ohne Auge bleiben?«

»Ich sage dir doch, er hat kein Auge ...«

»Vorgestern hatte er noch eins!« rief die Frau verzweifelt. Verdammt!

»Ich weiß nicht, vielleicht hatte er eins ... verdammt ... Aber jetzt hat er keins. Überhaupt, weißt du was, meine Gute, bring deinen Säugling in die Stadt. Mach das gleich, dort operieren sie ihn. Was meinen Sie, Demjan Lukitsch?«

»Tja«, antwortete der Feldscher tiefsinnig, denn er wußte auch nicht weiter, »nie gesehen so ein Ding.«

»Werden sie schneiden in der Stadt?« fragte die Frau entsetzt. »Das laß ich nicht zu.«

Es endete damit, daß die Frau ihren Säugling wieder mitnahm und niemanden das Auge berühren ließ.

Zwei Tage lang zerbrach ich mir den Kopf, zuckte die Achseln, durchstöberte die Bibliothek, betrachtete Zeichnungen von Säuglingen, denen statt der Augen Blasen herausquollen ... Verdammt.

Dann hatte ich den Säugling vergessen.

Eine Woche verging.

»Anna Shuchowa!« rief ich auf.

Eine lustige Frau mit einem Kind auf dem Arm trat ein. »Wo fehlt's?« fragte ich gewohnheitsgemäß.

»Ich hab Stiche in der Seite, kann nicht durchatmen«, meldete die Frau und lächelte spöttisch.

Beim Klang ihrer Stimme fuhr ich auf.

»Erkennen Sie mich wieder?« fragte sie spöttisch.

»Warte ... warte ... das ist doch ... warte ... dasselbe Kind?«

»Ja. Wissen Sie noch, Herr Doktor, wie Sie gesagt haben, es hat kein Auge, und man muß schneiden ...«

Ich stand wie vom Donner gerührt. Die Frau blickte mich triumphierend an, ihre Augen lachten.

Auf ihrem Arm saß still der Säugling und schaute mit braunen Augen in die Welt. Die gelbe Blase war spurlos verschwunden.

Das grenzt ja an Zauberei, dachte ich geschwächt.

Nachdem ich mich ein wenig gefaßt hatte, zog ich behutsam das Lid zurück. Der Säugling greinte und drehte den Kopf, dennoch sah ich ... eine winzige Narbe in der Schleimhaut. Aha ...

»Als wir neulich hier wegfuhren, da ist sie geplatzt ...«

»Brauchst nicht weiterzuerzählen, Frau«, sagte ich verdattert, »weiß schon Bescheid.«

»Aber Sie haben gesagt, er hat kein Auge. Da ist es wieder.« Und die Frau kicherte höhnisch.

Ich weiß Bescheid, hol mich der Teufel. Am unteren Lid hat sich eine riesige Eiterblase entwickelt, ist herausgewachsen und hat das Auge verdrängt, hat es gänzlich überdeckt. Wie sie dann geplatzt und der Eiter abgelaufen ist, war alles wieder beim alten ...

Nein, nie wieder, nicht mal im Einschlafen, werde ich hochmütig murmeln, mich könne man mit nichts mehr verblüffen. Nein. Ein Jahr ist vergangen, ein weiteres wird vergehen, und es wird genauso reich an Überraschungen sein wie das erste. Also heißt es bescheiden sein und lernen.

1926

Ein Ausschlag wie ein Sternbild

Das ist sie! Mein Gespür sagte es mir. Auf mein Wissen konnte ich mich nicht verlassen. Als Arzt, der erst vor sechs Monaten die Universität beendet hatte, besaß ich natürlich kein Wissen.

Ich hatte Scheu, den Mann an seiner nackten warmen Schulter zu berühren (obwohl kein Grund zur Scheu bestand), und befahl ihm:

»Kommen Sie mal näher ans Licht, mein Lieber!«

Der Mann drehte sich so, wie ich wollte, und das Licht der Petroleumlampe beschien seine gelbliche Haut. Dieses Gelb war auf der gewölbten Brust und auf den Hüften von einem Ausschlag marmoriert. Wie ein Sternbild am Himmel, dachte ich mit einem kalten Schauer und beugte mich zu der Brust, dann hob ich den Blick. Ich sah ein vierzigjähriges Gesicht mit einem verfilzten Bart von schmutzigem Aschgrau und flinke Äuglein hinter halbgeschlossenen geschwollenen Lidern. In diesen Äuglein las ich zu meiner größten Verwunderung Wichtigkeit und ein Bewußtsein der eigenen Würde.

Der Mann klapperte mit den Augen, sah gleichmütig und gelangweilt um sich und zog den Hosengürtel hoch.

Das ist sie, die Syphilis, sagte ich noch einmal streng zu mir. Ich begegnete ihr zum erstenmal in meinem Leben als Arzt, den es zu Beginn der Revolution von der Universitätsbank in die ländliche Einöde verschlagen hatte.

Es war ein Zufall, daß ich auf diese Syphilis stieß. Der Mann war zu mir gekommen und hatte geklagt, er habe einen Frosch im Hals. Ganz mechanisch und ohne an Syphilis zu denken, hatte ich ihm befohlen, sich frei zu machen, und da hatte ich den sternbildartigen Ausschlag entdeckt.

Ich brachte seine Heiserkeit, die böse Röte im Hals, die schlimmen weißen Flecke darin und die marmorierte Brust in Zusammenhang und wußte Bescheid. Vor allem

säuberte ich kleinmütig meine Hände mit einem in Subli-
mat getauchten Wattebausch, und ein unruhiger Gedanke
– er hat mir auf die Hand gehustet – vergiftete mir den
Moment. Dann drehte ich hilflos und angewidert den glä-
sernen Spatel in der Hand, mit dem ich seinen Hals unter-
sucht hatte. Wohin damit?

Ich legte ihn auf ein Stück Watte auf dem Fensterbrett.

»Also«, sagte ich, »schauen Sie ... hm ... Offensichtlich
... Nein, ganz bestimmt ... Schauen Sie, Sie haben eine
üble Krankheit, die Syphilis ...«

Sprach's und wurde verlegen. Ich glaubte, der Mann
werde sehr heftig erschrecken, die Nerven verlieren ...

Er erschrak kein bißchen und verlor auch nicht die Nerven. Irgendwie von der Seite warf er mir einen Blick aus
einem runden Auge zu wie ein Huhn, das eine Stimme
rufen hört. In dem runden Auge sah ich zu meiner Ver-
blüffung Unglauben.

»Sie haben Syphilis«, wiederholte ich sanft.

»Was ist das?« fragte der Mann mit der marmorierten
Haut.

Deutlich sah ich vor mir den schneeweißen Krankensaal
in der Universität, das Amphitheater mit den Reihen der
Studentenköpfe übereinander und den grauen Bart des
Professors für Venerologie. Doch ich besann mich rasch
darauf, daß ich mich anderthalbtausend Werst von dem
Amphitheater und vierzig Werst von der Eisenbahn entfernt im Licht einer Petroleumlampe befand. Vor der
weißen Tür rauschten dumpf die Stimmen der Patienten,
die auf ihren Aufruf warteten. Vor dem Fenster dämmerte
es unaufhaltsam, und es fiel der erste Schnee des Winters.

Ich ließ den Patienten sich noch weiter frei machen und
sah den schon vernarbenden Primäraffekt. Da schwanden
meine letzten Zweifel, und ich empfand den gleichen Stolz
wie jedesmal, wenn ich eine richtige Diagnose gestellt hatte.

»Ziehen Sie sich wieder an«, sagte ich. »Sie haben Syphilis! Das ist eine sehr ernste Krankheit, die den ganzen
Organismus erfaßt. Ihre Behandlung wird lange dauern.«

Hier stockte ich, denn ich las – ich schwöre! – in diesem Hühnerblick Verwunderung und deutliche Ironie.

»Ich bin heiser«, sprach der Patient.

»Nun ja, das kommt davon. Auch der Ausschlag auf der Brust. Sehen Sie ihn sich doch an.«

Der Mann blickte einwärtsschielend an sich herunter. Das ironische Fünkchen in seinen Augen erlosch nicht.

»Ich müßt was für den Hals kriegen«, sprach er.

Was hat er nur immer? dachte ich mit einiger Ungeduld. Ich rede von der Syphilis und er von seinem Hals!

»Hören Sie, mein Lieber«, sagte ich laut, »der Hals, das ist eine zweitrangige Geschichte. Den Hals behandeln wir auch, aber vor allem müssen wir was gegen die allgemeine Krankheit tun. Und die Behandlung dauert lange, zwei Jahre.«

Da starrte mich der Patient mit großen Augen an. Darin las ich sein Urteil über mich: Doktor, du hast 'n Knall!

»Was denn, so lange?« fragte der Patient. »Weshalb denn zwei Jahre? Ich brauch was zum Gurgeln für den Hals.«

Mir wurde innerlich heiß. Und ich redete drauflos. Ihn zu erschrecken, fürchtete ich nicht mehr. O nein! Im Gegenteil, ich deutete ihm an, seine Nase könne einsinken. Ich erzählte ihm, was ihn erwartete, falls er sich nicht ordentlich behandeln ließ. Ich erwähnte die Ansteckungsgefahr der Syphilis und sprach lange von Tellern, Löffeln und Tassen, davon, daß er ein Handtuch nur für sich benutzen müsse ...

»Sind Sie verheiratet?« fragte ich.

»Bin ich«, antwortete er verwundert.

»Sie müssen sofort Ihre Frau zu mir schicken!« sagte ich erregt und leidenschaftlich. »Sie ist doch bestimmt auch krank?«

»Die Frau?« fragte der Patient und sah mich mit größter Verwunderung an.

So ging das Gespräch weiter. Er sah mich mit klappernden Wimpern an, und ich sah ihn an. Es war kein Gespräch, es war ein Monolog. Ein glänzender Monolog, für den jeder Professor dem Studenten im fünften Studienjahr eine Eins gegeben hätte. Ich entdeckte in mir gewaltige Kenntnisse auf dem Gebiet der Syphilis und einen nicht alltäglichen diagnostischen Riecher. Dieser füllte die leeren Flecke an den Stellen, wo mir die Zeilen aus den deutschen und russischen Fachbüchern fehlten. Ich erzählte ihm, was mit den Knochen eines nicht behandelten Syphilitikers geschieht, und beschrieb nebenbei die fortgeschrittene Paralyse. Die Nachkommenschaft! Und wie sollte seine Frau Rettung finden? Oder, wenn sie angesteckt sei, und das sei sie bestimmt, wie sollte ich sie behandeln?

Endlich versiegte mein Redestrom. Mit einer schüchternen Bewegung holte ich das rot eingebundene Nachschlagebuch mit den goldenen Buchstaben aus der Tasche. Es war mein treuer Freund, von dem ich mich auf den ersten Schritten meines schwierigen Weges nie trennte. Wie oft hatte es mir geholfen, wenn die verdammten Rezeptprobleme ihren schwarzen Rachen vor mir aufrissen! Während mein Patient sich anzog, blätterte ich verstohlen in dem Buch und fand, was ich suchte.

Quecksilbersalbe – ein großartiges Heilmittel.

»Sie werden Einreibungen machen. Sie bekommen sechs Päckchen Salbe. Ein Päckchen pro Tag ... so ...«

Anschaulich und mit Eifer zeigte ich ihm, wie er sich einreiben müsse, und rieb die leere Hand an meinem Kittel.

»Heute den Arm, morgen das Bein, dann wieder den Arm, den anderen. Wenn Sie die sechs Einreibungen gemacht haben, waschen Sie sich und kommen wieder zu mir. Unbedingt. Verstanden? Unbedingt! Ja! Außerdem müssen Sie aufmerksam Ihre Zähne beobachten und den ganzen Mund für die Dauer der Behandlung. Ich geb Ihnen was zum Gurgeln. Jedesmal nach dem Essen gurgeln.«

»Und der Hals?« fragte der Patient heiser, und ich merkte, daß er nur bei dem Wort »gurgeln« aufhorchte.

»Ja, auch den Hals.«

Gleich darauf verschwand der gelbe Rücken des Bauernpelzes aus meinen Augen, und an ihm vorbei zwängte sich ein Frauenkopf mit Kopftuch herein.

Noch ein Weilchen später lief ich durch den halbdunklen Korridor aus meinem Sprechzimmer in die Apotheke, um Zigaretten zu holen, und hörte flüchtig ein heiseres Flüstern: »Schlecht behandelt er. Ist noch jung. Verstehst du, ich hab einen Frosch im Hals, aber er kuckt und kuckt ... auf die Brust, den Bauch ... Ich hab alle Hände voll zu tun, und für das Krankenhaus geht ein halber Tag drauf. Bis ich zu Hause bin, ist es Nacht. Mein Gott! Mir tut der Hals weh, und er gibt mir 'ne Salbe für die Beine.«

»Die nehmen sich keine Zeit für unsereins«, bestätigte eine etwas klirrende Weiberstimme und verstummte plötzlich. Wie ein Gespenst war ich in meinem weißen Kittel vorbeigehuscht. Ich hielt es nicht aus und drehte mich um – und erkannte im Halbdunkel den Kinnbart wie aus Werg, die geschwollenen Lider und das Huhnauge. Auch die gefährlich heisere Stimme erkannte ich. Dann zog ich den Kopf ein, duckte mich wie ein Dieb, als wäre ich schuldig, und verschwand. Meine Seele hatte eine deutlich spürbare Schramme bekommen. Ich hatte Angst.

War wirklich alles umsonst?

Das konnte nicht sein! Einen Monat lang fahndete ich in jeder Sprechstunde morgens im Patientenbuch nach der Frau des aufmerksamen Zuhörers bei meinem Monolog über die Syphilis. Einen Monat wartete ich auf ihn. Beide blieben aus. Nach einem Monat erlosch er in meiner Erinnerung, beunruhigte mich nicht mehr, geriet in Vergessenheit.

Denn es kamen neue und immer neue Patienten, und jeder Arbeitstag in der vergessenen Einöde brachte mir erstaunliche Krankheitsfälle, böse Dinge, die mich zwangen, mir den Kopf zu zermartern, Hunderte Male verwirrt zu werden, meine Geistesgegenwart zurückzufinden und mich aufs neue für den Kampf zu beflügeln.

Heute, viele Jahre später, weit weg von dem vergessenen Krankenhaus mit dem bröckelnden weißen Putz, muß ich manchmal an den sternbildartigen Ausschlag auf seiner Brust denken. Wo mag er sein? Was macht er? Ach, ich weiß, ich weiß. Wenn er noch lebt, fahren er und seine Frau von Zeit zu Zeit zu dem baufälligen Krankenhaus. Sie klagen über Geschwüre an den Beinen. Ich stelle mir deutlich vor, wie er die Fußlappen abwickelt und auf Mitgefühl hofft. Und ein junger Arzt, männlich oder weiblich, in gestopftem weißem Kittel, beugt sich über die Beine, drückt mit dem Finger auf den Knochen oberhalb des Geschwürs, sucht nach den Ursachen. Findet sie und schreibt in das Buch: »Lues 3«, dann fragt er, ob man ihm nicht eine schwarze Salbe verschrieben habe.

Und nun, da ich mich an ihn erinnere, erinnert er sich an mich, an das Jahr siebzehn, den Schnee vor dem Fenster und die sechs Päcken im Wachspapier, sechs nicht genutzte klebrige Klumpen.

»Doch, doch, er hat sie mir verschrieben«, sagt er und guckt, aber schon ohne Ironie, mit schwarzer Sorge in den Augen. Der Arzt verschreibt ihm Jodkalium oder vielleicht ein anderes Mittel. Vielleicht wirft er wie ich einen Blick in das Nachschlagebuch …

Ich grüße Sie, Collega!

»… außerdem, verehrte Gattin, bestelle einen herzlichen Gruß an Onkel Safron Iwanowitsch. Und dann, teure Gattin, fahre bitte zu unserm Arzt, zeig dich ihm, denn ich hab schon ein halbes Jahr die schlimme Krankheit Syphil. Als ich bei Dir war, hab ich mich nicht entdeckt. Laß Dich behandeln.

Dein Gatte A. Bukow.«

Die junge Frau preßte einen Zipfel ihres Kopftuchs aus Baumwollflausch vor den Mund, setzte sich auf die Bank und erbebte weinend. Ihre blonden Locken, feucht von getautem Schnee, fielen ihr in die Stirn.

»Er ist ein Lump, ja?« schrie sie.

»Ja, ein Lump«, bestätigte ich fest.

Dann kam das Schwerste und Quälendste. Ich mußte sie beruhigen, doch wie? Unter dem Stimmengewirr der ungeduldig draußen Wartenden flüsterten wir lange.

Tief in meiner Seele, die für menschliches Leid noch nicht abgestumpft war, suchte ich nach warmen Worten. Vor allem gab ich mir Mühe, ihr die Angst zu nehmen. Ich sagte ihr, wir wüßten noch gar nichts, und sie dürfe bis zur Untersuchung nicht verzweifeln. Auch nach der Untersuchung habe das keinen Zweck. Ich erzählte ihr, mit welchem Erfolg wir die schlimme Krankheit Syphilis behandeln.

»Dieser Lump, dieser Lump.« Die junge Frau schluchzte tränenerstickt.

»Er ist ein Lump«, wiederholte ich.

Ziemlich lange überhäuften wir ihn mit Schimpfworten, den »teuren Gatten«, der zu Hause gewesen und in die Stadt Moskau weitergereist war.

Endlich wurde das Gesicht der Frau trocken, es blieben nur die Flecke auf den Wangen und die geschwollenen Lider über den verzweifelten schwarzen Augen.

»Was mach ich bloß? Ich hab ja zwei Kinder«, sagte sie mit trockener, erschöpfter Stimme.

»Abwarten, abwarten«, murmelte ich, »das wird sich alles finden.«

Ich rief die Hebamme Pelageja Iwanowna. Zu dritt schlossen wir uns im Untersuchungszimmer ein, wo es einen gynäkologischen Stuhl gab.

»Ach, dieser Halunke, dieser Halunke«, zischte Pelageja Iwanowna durch die Zähne. Die Frau schwieg, ihre Augen waren wie zwei schwarze Löcher, sie starrte in die Dämmerung vor dem Fenster.

Es war eine der sorgfältigsten Untersuchungen meines Lebens. Pelageja Iwanowna und ich ließen keine Handbreit ihres Körpers aus. Und nirgends fand ich etwas Verdächtiges.

»Wissen Sie was?« sagte ich, und ich wünschte mir sehnlichst, daß meine Hoffnung mich nicht trog und der gefährliche Primäraffekt auch weiterhin ausblieb. »Wissen Sie was? Schluß mit der Aufregung! Es gibt Hoffnung. Hoffnung. Zwar kann noch alles geschehen, aber jetzt haben Sie nichts.«

»Nichts?« fragte die Frau heiser. »Nichts?« Hoffnungsfünkchen blitzten in ihren Augen, und die Backenknochen liefen rosig an. »Und wenn es doch noch kommt?«

»Ich versteh das selber nicht«, sagte ich halblaut zu Pelageja Iwanowna. »Nach dem, was sie erzählt hat, müßte sie sich angesteckt haben, aber sie hat nichts.«

»Sie hat nichts«, echote Pelageja Iwanowna. Wir flüsterten noch ein Weilchen über verschiedene Fristen und intime Dinge, und die Frau bekam von mir den Auftrag, wieder ins Krankenhaus zu kommen.

Ich sah sie an und erkannte, daß sie in zwei Teile zerbrochen war. Hoffnung hatte sich in sie eingeschlichen und war gleich wieder gestorben. Sie schluchzte noch einmal und ging wie ein dunkler Schatten. Von nun an hing ein Schwert über ihr. Jeden Sonnabend erschien sie lautlos bei mir im Ambulatorium. Sie war sehr abgemagert, die Backenknochen traten schärfer hervor, die Augen waren eingesunken und von Schatten umrahmt. Konzentriertes Nachdenken hatte ihre Mundwinkel nach unten gezogen. Mit einer gewohnten Bewegung nahm sie das Tuch ab, dann gingen wir ins Untersuchungszimmer, wo wir sie zu zweit untersuchten. An den ersten drei Sonnabenden konnten wir an ihr nichts finden. Sie war ein wenig erleichtert. Lebendiger Glanz lag in ihren Augen, das Gesicht wurde lebendig, die Starre löste sich. Unsere Chancen wuchsen. Die Gefahr schwand dahin. Am vierten Sonnabend war ich meiner Sache schon sicher. Für den glücklichen Ausgang sprachen neunzig Prozent. Die einundzwanzigtägige Inkubationszeit war vorüber. Es blieb ein Rest von Wahrscheinlichkeit, daß sich der Primäraffekt mit großer Verspätung einstellte. Doch endlich war auch diese Zeit vorüber. Eines Tages warf ich den blanken Spiegel in die Schale, befühlte ein letztes Mal ihre Drüsen und sagte zu ihr:

»Sie sind außer Gefahr. Sie brauchen nicht mehr zu kommen.«

»Es kann nichts mehr sein?« fragte sie mit unvergeßlicher Stimme.

»Nein, nichts.«

Ich bin unfähig, ihr Gesicht zu beschreiben. Ich erinnere mich nur, wie sie sich tief verbeugte und verschwand.

Sie kam übrigens noch einmal wieder. Mit einem Bündel in der Hand – zwei Pfund Butter und zwei Dutzend Eier. Nach einem schrecklichen Kampf nahm ich beides nicht an. Und war sehr stolz darauf, wegen meiner Jugend. Später jedoch, als ich in den Revolutionsjahren hungern mußte, dachte ich noch so manches Mal an die Petroleumlampe, die schwarzen Augen und das goldene Stück Butter mit den Fingereindrücken und dem perlenden Tau.

Wie kommt es, daß ich nach so vielen Jahren noch an die Frau denken muß, die zu vier Monaten Angst verurteilt war? Nicht von ungefähr. Die Frau war meine zweite Patientin auf diesem Gebiet, dem ich späterhin meine besten Jahre widmete. Der erste war der Mann mit dem sternbildartigen Ausschlag gewesen. Also, sie war die zweite und die einzige Ausnahme, denn sie hatte Angst gehabt. Die einzige in meiner Erinnerung, welche die von der Petroleumlampe beleuchtete Arbeit von uns vieren bewahrte (Pelageja Iwanowna, Anna Nikolajewna, Demjan Lukitsch und mir).

In der Zeit, in der ihre quälenden Sonnabende verstrichen, suchte ich wie in Erwartung der Todesstrafe nach »ihr«. Die Herbstabende sind lang. Die Kachelöfen in der Arztwohnung waren heiß. Stille herrschte, und ich hatte das Gefühl, auf der ganzen Welt mit meiner Lampe allein zu sein. Irgendwo brodelte stürmisches Leben, doch vor meinen Fenstern peitschte, prasselte ein schräger Regen, der allmählich zu lautlosem Schnee wurde. Ich saß stundenlang und las in den Ambulatoriumsbüchern der letzten fünf Jahre. Tausende und Zehntausende von Namen und Dörfern zogen an mir vorüber. In diesen Kolonnen von

Menschen suchte ich nach ihr und fand sie oft. Schriftzüge huschten vorüber, langweilig, schablonenhaft: »Bronchitis«, »Laryngitis«, andere ... Aber da! »Lues 3«. Aha ... Daneben in schwungvoller Schrift von geübter Hand:

»Rp. Ung. hydrarg. ciner. 3,0 D. t. d.«

Da war sie, die »schwarze« Salbe.

Wieder tanzten vor meinen Augen Bronchitis und Katarrhe, plötzlich erneut unterbrochen von »Lues«.

Die meisten Eintragungen lauteten auf »Lues 2«. Das dritte Stadium kam seltener vor. Dann stand in der Spalte »Behandlung« schwungvoll »Jodkalium«.

Je länger ich in den alten, schimmelig riechenden, auf dem Dachboden vergessenen Folianten des Ambulatoriums las, desto heller wurde es in meinem unerfahrenen Kopf. Ungeheuerliches ging mir auf.

Warum, bitte schön, fand ich nirgendwo Eintragungen über einen Primäraffekt? Es gab keine. Auf Tausende und aber Tausende Namen höchstens mal eine. Syphilis im zweiten Stadium gab es in endlosen Reihen. Was bedeutete das? Es bedeutete folgendes:

»Das bedeutet«, sagte ich im Schatten zu mir selbst und zu der Maus, die im Bücherregal des Schranks an alten Einbänden knusperte, »das bedeutet, daß sie hier keine Ahnung von der Syphilis haben und der Primäraffekt sie nicht erschreckt. Jawohl. Der verheilt ja dann. Eine Narbe bleibt ... Soso, und sonst nichts? Nein, sonst nichts! Und so entwickelt sich stürmisch das Sekundärstadium der Syphilis. Wenn der Hals weh tut und sich auf dem Körper nässende Knötchen zeigen, fährt er ins Krankenhaus, Semjon Chotow, zweiunddreißig Jahre alt, und sie geben ihm die graue Salbe. Aha!«

Der Lichtkreis lag auf dem Tisch, und die schokoladenbraune Frau im Aschbecher verschwand unter einem Berg Kippen.

»Ich muß diesen Semjon Chotow finden. Hm ...«

Die gelb angehauchten Krankenblätter raschelten. Am 17. Juni 1916 hatte Semjon Chotow sechs Päckchen Quecksilbersalbe bekommen, die vor langer Zeit zu seiner Rettung erfunden worden war. Ich wußte, daß mein Vorgänger zu Semjon gesagt hatte, als er ihm die Salbe gab:

»Semjon, wenn du die Einreibungen gemacht hast, wäschst du dich und kommst wieder. Hörst du, Semjon?«

Semjon verbeugte sich natürlich und dankte mit heiserer Stimme. Sehen wir mal nach: So zehn oder zwölf Tage danach müßte Semjon wieder im Buch stehen. Schauen wir, schauen wir … Qualm, die Blätter rascheln. Doch nein, kein Semjon! Nicht nach zehn Tagen und nicht nach zwanzig, überhaupt nicht mehr. Ach, armer Semjon Chotow! Also war der marmorartige Ausschlag verschwunden, so wie die Sterne gegen Morgen verschwinden, und die Kondylome waren abgetrocknet. Sterben mußte Semjon, wirklich, sterben. Vielleicht sehe ich diesen Semjon noch mit Gummiknoten in meiner Sprechstunde. Ob sein Nasenbein noch heil ist? Ob seine Pupillen noch gleich sind? Armer Semjon!

Aber da, nicht Semjon, sondern Iwan Karpow. Kein Wunder. Warum sollte Iwan Karpow nicht erkranken? Ja, aber Moment mal, warum wurde ihm das Kalomel mit Milchzucker in kleiner Dosis verschrieben? Darum: Iwan Karpow war zwei Jahre alt! Und hatte »Lues 2«! Die verhängnisvolle Zwei! Von Sternen übersät, war er hergebracht worden. Auf den Armen der Mutter wehrte er sich strampelnd gegen die zugreifenden Hände des Arztes. Alles klar.

Ich weiß, ich errate, ich habe begriffen, wo der zweijährige Junge den Primäraffekt hatte, ohne den es kein zweites Stadium gibt. Im Mund! Er hatte sich am Löffelchen infiziert. Hilf mir, Einöde! Hilf mir, Stille des dörflichen Hauses! Ja, viel Interessantes kann ein altes Patientenbuch einem jungen Arzt erzählen.

Über Iwan Karpow stand:

»Awdotja Karpowa, dreißig Jahre.«

Wer ist sie? Ach so. Sie ist Iwans Mutter. In ihren Armen hat er geweint.

Unter Iwan Karpow stand:

»Awdotja Karpowa, acht Jahre.«

»Und wer ist das? Die Schwester! Kalomel …«

Die Familie ist beisammen. Eine Familie. Es fehlt nur einer, Karpow, fünfunddreißig bis vierzig Jahre alt. Und man weiß nicht, wie er gerufen wird – Sidor, Pjotr … Oh, das ist unwichtig.

»… teure Gattin … böse Krankheit Syphil …«

Da ist das Dokument. Im Kopf wird es hell. Ja, sicherlich ist er von der verdammten Front gekommen und hat sich »nicht entdeckt«, hat vielleicht nicht einmal gewußt, daß er sich hätte entdecken müssen. Ist wieder abgereist. Und hier ging es los. Nach Awdotja Maria, nach Maria Iwan. Die gemeinsame Schüssel mit Kohlsuppe, das Handtuch …

Und noch eine Familie. Und noch eine. Da, ein alter Mann, siebzig Jahre. »Lues 2«. Ein alter Mann. Was hast du dir zuschulden kommen lassen? Nichts. Die gemeinsame Schüssel! Asexuell, asexuell. Das Licht ist hell. Hell und weißlich, ein früher Dezembermorgen. Also habe ich meine ganze einsame Nacht über den Eintragungen und den großartigen deutschen Fachbüchern mit den bunten Bildern versessen.

Gähnend ging ich ins Schlafzimmer und murmelte:

»Ich werde mir ›ihr‹ kämpfen.«

Um mit ihr zu kämpfen, muß man sie sehen. Sie zögerte nicht. Die Schlittenwege waren schon fest, und es kam vor, daß täglich hundert Menschen meine Sprechstunde besuchten. Der Tag fing trübweiß an und endete mit der schwarzen Finsternis vor den Fenstern, in der geheimnisvoll, mit leisem Knirschen die letzten Schlitten verschwanden.

Sie zeigte sich mir vielfältig und hinterlistig. Mal als weißlicher Ausschlag im Hals eines halbwüchsigen Mädchens. Mal in Form von Säbelbeinen. Mal in Form von eingesunkenen schlaffen Geschwüren an den gelben Beinen einer Greisin. Mal in Form von nässenden Knötchen am Körper einer blühenden Frau. Manchmal thronte sie stolz auf einer Stirn, als halbmondförmige Venuskrone. Sie erschien als Strafe für die Unwissenheit der Väter an Kindern in Form von Nasen, die wie ein Kosakensattel aussahen. Aber sie glitt manchmal auch unbemerkt an mir vorbei. Ach, ich kam ja eben erst von der Schulbank!

All das begriff mein Verstand in der Einsamkeit. Irgendwo war sie versteckt, in den Knochen und im Gehirn.

Ich erfuhr viel.

»Ich sollte damals Einreibungen machen.«

»Mit schwarzer Salbe?«

»Ja, Väterchen, mit schwarzer Salbe.«

»Über Kreuz? Heute den Arm, morgen das Bein?«

»Aber ja. Woher weißt du das, Väterchen?« (Schmeichelhaft.)

Wie sollte ich nicht? Ach, wie sollte ich nicht. Da ist sie, die Gummigeschwulst!

»Hast du eine böse Krankheit gehabt?«

»Ich bitte Sie! So was hat's bei mir nie gegeben.«

»Soso … Hat dir der Hals weh getan?«

»Der Hals ja. Der hat weh getan. Letztes Jahr.«

»Soso … Und hat dir Leonti Leontjewitsch eine Salbe gegeben?«

»Aber ja! Schwarz wie ein Stiefel.«

»Schlecht hast du dich eingerieben, mein Bester, ach, schlecht!«

Ich verbrauchte unzählige Kilo von der grauen Salbe. Ich verschrieb sehr viel Jodkalium, und ich sprudelte viele leidenschaftliche Worte hinaus. Ein paar Patienten kamen nach den ersten sechs Einreibungen wieder. Bei einigen konnte ich, wenn auch zumeist unvollständig, die ersten Injektionsreihen durchführen. Aber der größte Teil rann mir durch die Finger wie Sand in einer Sanduhr, und ich fand die Leute in der verschneiten Finsternis nicht wieder. Ach, ich überzeugte mich davon, daß die Syphilis hier dadurch furchteinflößend war, daß sie keine Furcht einflößte. Darum habe ich am Anfang dieser Erinnerung das

Beispiel der Frau mit den schwarzen Augen angeführt. Ich gedachte ihrer mit warmer Hochachtung wegen ihrer Furcht. Aber es war nur eine!

Ich wurde zum Mann, ich gewann Konzentration, war manchmal finster. Ich träumte von dem Ende meiner Frist, dann würde ich in die Universitätsstadt zurückkehren, und mein Kampf würde leichter sein.

An einem dieser düsteren Tage erschien in meiner Sprechstunde eine sehr schöne junge Frau. Im Arm hielt sie ein vermummtes Kind, und zwei weitere Kinder, stolpernd und sich verheddernd in ihren viel zu großen Filzstiefeln, hielten sich an ihrem blauen Rock fest, der unter ihrem Halbpelz hervorsah.

»Die Kinder haben Ausschlag«, sagte das rotwangige Frauchen gewichtig.

Behutsam berührte ich die Stirn des Mädchens, das sich an ihrem Rock festhielt. Es verschwand spurlos in den Rockfalten. Den ungewöhnlich dickbäckigen Wanka fischte ich an der anderen Seite aus ihrem Rock. Berührte auch seine Stirn. Beide waren nicht heiß. Normal.

»Mach das Kind frei, meine Liebe.«

Sie wickelte das kleine Mädchen aus. Das nackte Körperchen sah so aus wie der Himmel in einer frostklaren Nacht. Von Kopf bis Fuß Flecke der Roseola und nässende Knötchen. Wanka brüllte und strampelte. Demjan Lukitsch kam und half mir.

»Eine Erkältung?« fragte die Mutter mit ruhigem Blick.

»Von wegen Erkältung«, knurrte Demjan Lukitsch und verzog mitleidig und angewidert den Mund. »Der ganze Kreis Korobowo ist bei denen so erkältet.«

»Wovon kommt das denn?« fragte die Mutter, während ich ihre fleckigen Hüften und Brüste betrachtete.

»Zieh dich wieder an«, sagte ich.

Dann setzte ich mich an den Schreibtisch, legte den Kopf in die Hand und gähnte (sie war eine der letzten an diesem Tag, hatte die Nummer 98). Dann sagte ich:

»Meine Liebe, du hast eine ›böse Krankheit‹ und deine Kinder auch. Eine gefährliche, schreckliche Krankheit. Ihr alle müßt euch jetzt behandeln lassen, und das wird lange dauern.«

Wie schade, daß sich das Mißtrauen in den vorstehenden hellblauen Weiberaugen mit Worten schwer beschreiben läßt. Sie drehte ihren Säugling in den Händen wie ein Holzscheit, guckte stumpf auf seine Beinchen und fragte:

»Wovon kommt das?«

Mit schiefem Mund lachte sie auf.

»Das ist nicht interessant«, entgegnete ich und zündete mir die fünfzigste Zigarette an diesem Tag an. »Frag mich lieber, was aus den Kindern wird, wenn du sie nicht behandeln läßt.«

»Was schon? Gar nichts«, antwortete sie und wickelte das Kind wieder in seine Windeln.

Vor meinen Augen lag die Uhr auf dem Tisch. Ich erinnere mich, daß ich nicht länger als drei Minuten sprach, da brach das Weib in Schluchzen aus. Ich war sehr froh über ihre Tränen, denn nur sie, ausgelöst durch meine absichtlich harten und verängstigenden Worte, machten das weitere Gespräch möglich.

»Also, ihr bleibt alle hier. Demjan Lukitsch, Sie bringen sie im hinteren Gebäude unter. Die Typhuskranken versorgen wir im zweiten Saal. Morgen fahre ich in die Stadt und hole mir die Erlaubnis, eine stationäre Syphilitikerabteilung einzurichten.«

In den Augen des Feldschers blitzte lebhaftes Interesse.

»Ich bitte Sie, Doktor!« erwiderte der große Skeptiker. »Wie sollen wir allein damit fertig werden? Und die Präparate? Wir haben auch nicht genug Pflegerinnen. Wer macht das Essen? Und das Geschirr, die Spritzen?«

Aber ich schüttelte stumpf, hartnäckig den Kopf und sagte: »Ich setze es durch.«

Ein Monat verging …

In drei Zimmern des verschneiten hinteren Gebäudes brannten Lampen mit Blechschirm. Die Bettwäsche war zerrissen. Ich hatte nur zwei Spritzen, eine kleine Eingramm- und eine Fünfgrammspritze. Kurz und gut, es herrschte eine klägliche, schneeverwehte Armut. Aber ... Da lag stolz, für sich, die Spritze, mit der ich, vor Angst vergehend, schon mehrmals die für mich neuen, noch rätselhaften und schwierigen Salvarsan-Injektionen vorgenommen hatte.

Überdies war ich innerlich bedeutend ruhiger. In dem Gebäude lagen sieben Männer und fünf Frauen, und mit jedem Tag schwand vor meinen Augen der sternbildartige Ausschlag.

Es war Abend. Demjan Lukitsch hielt die kleine Lampe und beleuchtete den schüchternen Wanka. Sein Mund war mit Grießbrei verschmiert. Aber er hatte keine Sterne mehr. Alle vier gingen an dem Lämpchen vorbei und schmeichelten meinem Gewissen.

»Morgen will ich raus«, sagte die Mutter und knöpfte ihre Bluse zu.

»Nein, das geht noch nicht«, antwortete ich, »du mußt die Injektionsreihe durchhalten.«

»Ich bin nicht einverstanden«, antwortete sie, »zu Haus hab ich alle Hände voll zu tun. Für die Hilfe meinen Dank, aber morgen entlassen Sie uns. Wir sind schon gesund.«

Das Gespräch flammte auf wie ein Lagerfeuer und endete so:

»Du ... damit du's weißt«, sagte ich und spürte, wie ich rot anlief, »damit du's weißt, du bist eine dumme Gans!«

»Was schimpfst du so? Was ist das für eine Art zu schimpfen?«

»Genügt es etwa, dich ›dumme Gans‹ zu schimpfen? Du bist keine dumme Gans, sondern ... sondern ... Sieh dir doch Wanka an! Wieso willst du ihn zugrunde richten? Das erlaube ich dir nicht!«

Sie blieb noch zehn Tage.

Zehn Tage. Länger hätte niemand sie halten können. Das garantiere ich Ihnen. Aber glauben Sie mir, mein

Gewissen war ruhig, und sogar die »dumme Gans« machte mir keine Sorgen. Ich bereue es nicht. Was war mein Schimpfen gegen den sternbildartigen Ausschlag!

Also, seitdem sind Jahre vergangen. Das Schicksal und die stürmischen Jahre haben mich längst von dem schneeverwehten Ambulatorium getrennt. Was und wer mag jetzt dort sein? Ich glaube, es ist besser als damals. Das Gebäude ist vielleicht geweißt und die Wäsche neu. Strom gibt es natürlich nicht. Möglicherweise beugt sich jetzt, da ich diese Zeilen schreibe, ein junger Kopf über die Brust eines Patienten. Die Petroleumlampe wirft ihr gelbliches Licht auf die gelbliche Haut ...

Grüß dich, Collega!

1926

Morphium

1   Kluge Leute haben längst herausgefunden, daß es mit dem Glück so ist wie mit der Gesundheit: Wenn man es hat, bemerkt man es nicht. Aber die Jahre vergehen, und dann erinnert man sich an das Glück, oh, wie man sich erinnert!

Was mich betrifft, so war ich, wie sich jetzt gezeigt hat, im Winter des Jahres 1917 glücklich. Unvergeßliches, stürmisches, rasend schnelles Jahr!

Der losgebrochene Sturm erfaßte mich wie einen Fetzen Zeitungspapier und wehte mich von meinem gottverlassenen Arztrevier in die Kreisstadt. Was ist das schon, eine Kreisstadt, wird man denken. Wer aber wie ich anderthalb Jahre lang festgesessen hat, winters im Schnee, sommers in den rauhen und kargen Wäldern, ohne auch nur für einen einzigen Tag wegzukommen, wer wie ich das Streifband von der Zeitung der letzten Woche mit einem Herzklopfen aufgerissen hat wie ein glücklicher Liebhaber einen hellblauen Briefumschlag, wer wie ich achtzehn Werst im Schlitten mit hintereinandergespannten Pferden zu einer Entbindung gefahren ist, der wird mich verstehen.

Höchst gemütliches Ding, so eine Petroleumlampe, aber ich bin für die Elektrizität!

Nun sah ich sie endlich wieder, die anheimelnden elektrischen Lampen! Die Hauptstraße des Städtchens, von Bauernschlitten glattgefahren, entzückte meinen Blick mit allem, was darin hing: ein Handwerkerschild mit Stiefeln, eine goldene Brezel, rote Fahnen, die Abbildung eines jungen Mannes mit frechen Schweinsäuglein und angeklatschter Frisur, welche besagte, daß hinter der Glastür der örtliche Figaro residierte, bereit, Sie für dreißig Kopeken jederzeit zu rasieren außer an Feiertagen, mit denen mein Vaterland so reich gesegnet ist.

Noch heute erinnere ich mich mit Schaudern an die Servietten des Figaros, die mir hartnäckig jene Seite aus dem Lehrbuch für Hautkrankheiten in die Vorstellung riefen, auf der mit plastischer Deutlichkeit ein harter Schanker am Kinn eines Mannes abgebildet war.

Aber auch diese Servietten können meine Erinnerungen nicht verdüstern!

Auf der Kreuzung stand ein leibhaftiger Milizionär, durch eine verstaubte Schaufensterscheibe schimmerten verschwommene Bleche, auf denen in dichten Reihen Gebäck mit rötlichem Krem lag, Heu bedeckte den Platz, und man ging, man fuhr, man plauderte, ein Büdchen bot Moskauer Zeitungen vom Vortag mit frappierenden Neuigkeiten feil, in der Nähe pfiffen die Moskauer Züge lockend einander zu. Kurzum, das war Zivilisation, das war Babylon, der Newski-Prospekt.

Vom Krankenhaus ganz zu schweigen. Es hatte eine chirurgische, eine therapeutische, eine Infektions-, eine Entbindungsabteilung. Es hatte einen Operationssaal mit einem blitzenden Autoklav, silbrig glänzenden Wasserhähnen und Behandlungstischen, die ihre verzwickten Pfoten, Zähne und Schrauben zeigten. Es hatte einen Oberarzt, drei Stationsärzte (außer mir), Feldschere, Hebammen, Nachtschwestern, eine Apotheke und ein Labor. Man denke nur, ein Labor! Mit einem Zeiss-Mikroskop und einem schönen Vorrat an Farben.

Ich zitterte und fror, die Eindrücke würgten mich. Nicht wenig Tage vergingen, bis ich mich daran gewöhnt hatte, daß die ebenerdigen Krankenhausgebäude in der Dezemberdämmerung wie auf Kommando in elektrischem Licht erstrahlten, das mich blendete.

In den Wannen brodelte und dröhnte das Wasser, zerlaugte Holzthermometer tauchten und schwammen darin. In der Kinderinfektionsabteilung flackerte tagsüber immer wieder Stöhnen auf, man hörte klägliches, dünnes Weinen, heiseres Gurgeln. Nachtschwestern rannten und sausten umher.

Eine schwere Last rutschte mir von der Seele. Ich trug nicht mehr die verhängnisvolle Verantwortung für alles, was immer auf der Welt passierte. Ich war nicht mehr schuld an einem eingeklemmten Bruch, zuckte nicht mehr zusammen, wenn ein Schlitten vorfuhr und eine Kreißende mit Querlage brachte, und eine eitrige Rippenfellentzündung, die eine Operation erforderlich machte, ging mich nichts mehr an. Zum erstenmal fühlte ich mich als Mensch, dessen Verantwortung Grenzen gezogen sind. Eine Entbindung? Bitte sehr, das flache Gebäude dort, das letzte Fenster, mit weißem Mull verhängt. Dort residiert der Geburtshilfearzt, dick und sympathisch, mit rötlichem Schnurrbart und Stirnglatze. Das ist seine Sache. Los, Schlitten, fahre zu dem mullverhängten Fenster! Eine komplizierte Fraktur? Der Chefarzt ist Chirurg. Eine Lungenentzündung? In die therapeutische Abteilung zu Pawel Wladimirowitsch.

Oh, diese erhabene Maschinerie eines großen Krankenhauses mit ihrem wohlfunktionierenden, sorgsam geschmierten Getriebe! Wie eine neue Schraube nach genauem Maß wurde ich in den Apparat eingebaut und übernahm die Kinderabteilung. Diphtherie und Scharlach verschluckten mich, fraßen meine Tage. Aber nur die Tage. Nachts schlief ich ruhig, denn an meinen Fenstern hörte ich nicht mehr das unheildrohende nächtliche Klopfen, das mich aus dem Bett reißen und in Finsternis, Gefahr und Unausweichlichkeit bringen konnte. Ich fing an, abends zu lesen (natürlich in erster Linie über Diphtherie und Scharlach, dann aber komischerweise mit seltsamem Interesse James Cooper), und ich genoß die Lampe überm Tisch, die grauen Kohlestückchen im

Samowar, den erkalteten Tee, den Schlaf – nach schlaflosen anderthalb Jahren.

So glücklich war ich im Winter siebzehn, nachdem ich aus meinem öden Schneesturmrevier in die Kreisstadt versetzt worden war.

2   Ein Monat verging, dann der zweite und dritte. Das Jahr siebzehn war dahin, der Februar achtzehn eilte heran. Ich hatte mich an meine neue Stellung gewöhnt und vergaß allmählich mein entlegenes Revier. In der Erinnerung verblaßten die grüne Lampe mit dem zischenden Petroleum, die Einsamkeit, die Schneeverwehungen. Undankbar ist das! Ich vergaß meinen Kampfposten, wo ich allein, ohne jegliche Unterstützung, die Krankheiten mit meinen eigenen Kräften bekämpft hatte wie ein Held von James Cooper, der sich auch aus den verzwicktesten Situationen befreit.

Manchmal freilich, wenn ich zu Bett ging mit dem angenehmen Gedanken, wie ich sogleich einschlafen würde, huschten irgendwelche Fetzen durch das schon dunkle Bewußtsein. Das grüne Licht, die flackernde Laterne ... Ein Schlitten knirscht ... Ein kurzes Stöhnen, dann Finsternis, dumpf heult der Schneesturm in den Feldern ... Dann purzelte all das zur Seite und verschwand.

Wer mag jetzt auf meinem Platz sitzen? Einer muß doch da sein ... Ein junger Arzt wie ich ... Na und, ich hab meine Zeit abgesessen. Februar, März, April ... na, sagen wir, Mai, dann ist meine Assistentenzeit herum. Ende Mai also trenne ich mich von meinem prächtigen Städtchen und kehre nach Moskau zurück. Wenn die Revolution mich auf ihre Flügel hebt, muß ich vielleicht wieder auf Reisen ... Aber mein Revier sehe ich jedenfalls nie wieder ... Niemals ... Die Hauptstadt ... Die Klinik ... Asphalt, Lichter ...

So dachte ich.

Ist aber doch gut, daß ich in dem Revier war ... Ich bin mutig geworden ... Habe keine Angst mehr ... Was habe ich nicht alles behandelt! In der Tat! Vielleicht keine psychischen Erkrankungen ... Stimmt ... Aber, Moment mal ... Der Agronom damals hat sich doch bis in die Hölle gesoffen ... Ich habe ihn behandelt, ziemlich erfolglos ... Delirium tremens! Ist das etwa keine psychische Erkrankung? Ich müßte über Psychiatrie nachlesen ... Ach, hol sie ... Irgendwann später in Moskau ... Jetzt habe ich mich in erster Linie um Kinderkrankheiten zu kümmern ... und nochmals um Kinderkrankheiten ... Besonders diese Kinderrezeptur, die reinste Zwangsarbeit ... Puh, verdammt! Wenn ein Kind zehn Jahre alt ist, wieviel Pyramidon kann ich es einnehmen lassen? 0,1 oder 0,15? Vergessen. Und wenn es drei Jahre ist? Nur Kinderkrankheiten! Sonst nichts ... Genug der verwirrenden Zufälle! Leb wohl, mein Revier! Warum geht mir das Revier heute abend so hartnäckig im Kopf herum? Das grüne Licht ... Dabei bin ich fürs ganze Leben mit ihm fertig ... Na, genug jetzt ... Schlafen.

»Hier ist ein Brief. Jemand hat ihn mitgebracht.«

»Geben Sie her.«

Die Nachtschwester stand in meiner Diele. Den Mantel mit dem abgewetzten Fellkragen trug sie lose über dem gestempelten weißen Kittel. Auf dem billigen blauen Briefumschlag schmolz Schnee.

»Haben Sie heute Dienst?« fragte ich gähnend.

»Ja.«

»Keiner da?«

»Nein, alles leer.«

»Schagen Schie mir Bescheid« (das Gähnen verzerrte mir den Mund und zerquetschte die Worte), »wenn wer gebracht wird. Ich leg mich schlafen.«

»Gut. Kann ich gehen?«

»Ja, gehen Sie.«

Sie ging. Die Tür quietschte, ich schlurfte in meinen Pantoffeln ins Schlafzimmer und fetzte unterwegs mit den Fingern unordentlich den Umschlag auf. Er enthielt einen zerknitterten länglichen Rezeptvordruck mit dem blauen Stempel meines Reviers, meines Krankenhauses. Das unvergeßliche Rezept ... Ich lächelte.

Komisch, den ganzen Abend denke ich an das Revier, und schon bringt es sich in Erinnerung. Eine Vorahnung ...

Unter dem Stempel war mit Tinte ein Rezept geschrieben. Lateinische Worte, unleserlich, durchgestrichen.

»Versteh ich nicht. Verworrenes Rezept«, murmelte ich und starrte auf das Wort »morphini«. »Etwas ist ungewöhnlich an diesem Rezept. Ach ja, vierprozentige Lösung! Wer verschreibt denn vierprozentige Morphiumlösung? Wozu?«

Ich drehte das Blatt um, und da verging mir das Gähnen. Auf der Rückseite stand in lasch hingeworfener Schrift:

»11. Februar 1918

Lieber Collega!

Entschuldigen Sie, daß ich auf so einem Wisch schreibe. Ich habe kein Papier zur Hand. Ich bin sehr schwer und sehr böse erkrankt. Niemand ist da, der mir helfen könnte, und ich will auch bei keinem Hilfe suchen außer bei Ihnen.

Schon den zweiten Monat sitze ich in Ihrem ehemaligen Revier. Ich weiß, daß Sie in der Stadt sind, nicht allzuweit von mir entfernt.

Um unserer Freundschaft und unserer gemeinsamen Universitätsjahre willen bitte ich Sie, so schnell wie möglich zu mir zu kommen. Wenn auch nur für einen Tag. Wenn auch nur für eine Stunde. Sollten Sie meinen, ich sei ein hoffnungsloser Fall, so werde ich Ihnen glauben. Vielleicht aber gibt es noch Rettung. Ja, vielleicht gibt es noch Rettung? Leuchtet mir noch ein Hoffnungsschimmer? Bitte sprechen Sie zu niemandem über den Inhalt dieses Briefes.«

»Marja! Gehen Sie sofort ins Sprechzimmer und rufen Sie mir die Nachtschwester, wie heißt sie gleich, hab's vergessen, jedenfalls die Nachtschwester, die mir eben den Brief gebracht hat. Schnell.«

»Sofort.«

Ein paar Minuten später stand die Nachtschwester vor mir; Schneeflocken schmolzen auf dem abgewetzten Katzenfellkragen.

»Wer hat den Brief gebracht?«

»Keine Ahnung. Einer mit Bart. Von der Genossenschaft. Er sagte, er hat in der Stadt zu tun.«

»Hm. Na, gehen Sie. Nein, warten Sie. Ich schreib einen Zettel für den Chefarzt, damit gehen Sie bitte zu ihm und bringen mir dann die Antwort.«

»Gut.«

Mein Zettel an den Chefarzt:

»13. Februar 1918

Werter Pawel Illarionowitsch, ich bekomme soeben einen Brief von meinem Studienfreund, Doktor Poljakow. Er sitzt in meinem ehemaligen Revier in Gorelowo und ist völlig einsam. Scheint schwer erkrankt zu sein. Ich halte es für meine Pflicht, zu ihm zu fahren. Wenn Sie gestatten, übergebe ich morgen die Abteilung für einen Tag Doktor Rodowitsch und fahre zu Poljakow. Der Mann ist hilflos.

Hochachtungsvoll Dr. Bomhart.«

Die Antwort des Chefarztes:

»Werter Wladimir Michailowitsch, fahren Sie. Petrow.«

Ich verbrachte den Abend über dem Fahrplan. Nach Gorelowo konnte ich folgendermaßen gelangen: morgen vierzehn Uhr mit dem Moskauer Postzug dreißig Werst bis zur Station N. und von dort zweiundzwanzig Werst mit dem Schlitten zum Krankenhaus Gorelowo.

Wenn alles gut geht, bin ich morgen nacht in Gorelowo, dachte ich dann im Bett. Was mag er haben? Typhus, Lungenentzündung? Weder noch. Dann hätte er einfach geschrieben: Ich habe Lungenentzündung. So ist der Brief verworren und ein bißchen unaufrichtig. »Ich bin sehr schwer und sehr böse erkrankt.« Woran denn? An Syphilis? Ja, bestimmt an Syphilis. Er ist verstört, er verheimlicht es, er hat Angst … Aber mit was für Pferden soll ich, bitte schön, von der Station nach Gorelowo fahren?

Unangenehm, wenn ich bei Dunkelwerden auf der Station ankomme und keine Fahrgelegenheit finde. Ach was, ich werde schon was finden. Irgendwer auf der Station wird doch Pferde haben. Telegrafieren, er soll Pferde schicken? Sinnlos! Das Telegramm kommt erst am Tag nach meiner Ankunft an. Fliegt schließlich nicht durch die Luft nach Gorelowo. Auf der Station bleibt es liegen, bis sich eine Gelegenheit findet. Ich kenne Gorelowo, diesen Krähwinkel!

Das Rezeptformular lag im Lichtkreis des Nachttischlämpchens neben dem Gefährten meiner gereizten Schlaflosigkeit – dem kippenstarrenden Aschbecher. Ich wälzte mich auf dem zerwühlten Laken, und Ärger stieg in mir hoch. Der Brief brachte mich auf.

Wirklich, wenn es nichts Akutes ist, sondern zum Beispiel Syphilis, warum kommt er dann nicht her? Weshalb muß ich durch den Schneesturm zu ihm sausen? Soll ich ihn etwa an einem Abend von der Lues kurieren? Oder vom Speiseröhrenkrebs? Aber wie kann von Krebs die Rede sein? Er ist fünfundzwanzig, zwei Jahre jünger als ich. »Sehr schwer …« Sarkom?

Ein dummer, hysterischer Brief. Ein Brief, der dem Empfänger Migräne verursacht. Da ist sie schon.

Eine Schläfenader krampft sich zusammen. Morgen wachst du auf, dann zieht es von der Ader hinauf zum Scheitel, quetscht die eine Kopfhälfte zusammen, und du kannst zum Abend Pyramidon mit Coffein schlucken. Aber wie soll das im Schlitten mit dem Pyramidon werden? Ich muß mir vom Feldscher den Fahrpelz holen, sonst erfriere ich morgen in meinem Mantel. Was mag er haben? »Leuchtet mir noch ein Hoffnungsschimmer?« So etwas steht in Romanen, nicht aber in ernsthaften Arztbriefen!

Schlafen, schlafen … Nicht mehr daran denken. Morgen wird alles klar. Morgen.

Ich knipste den Schalter, und sogleich verschlang die Dunkelheit mein Zimmer. Schlafen … Die Ader schmerzt.

Aber ich darf dem Mann seines dummen Briefes wegen nicht böse sein, ehe ich weiß, was los ist. Er leidet, und da schreibt er an einen anderen. Na ja, wie er kann, wie er's versteht. Unwürdig ist es, ihn auch nur in Gedanken für meine Migräne und meine Unruhe schlechtzumachen. Vielleicht ist der Brief auch gar nicht unaufrichtig oder verworren. Ich habe Serjosha Poljakow zwei Jahre nicht gesehen, doch ich kann mich gut an ihn erinnern. Er war immer sehr vernünftig. Ja. Also ist irgendein Unglück geschehen. Die Ader schmerzt nicht mehr so sehr ... Der Schlaf kommt wohl. Worin besteht der Mechanismus des Schlafs? Ich habe im Physiologiebuch darüber gelesen ... Aber es ist eine dunkle Geschichte ... Ich verstehe nicht, was das ist, Schlaf ... Wie schlafen die Gehirnzellen ein? Ich weiß es nicht, im Vertrauen gesagt. Ich bin überzeugt, der Verfasser des Lehrbuchs ist sich auch nicht ganz sicher. Eine Theorie ist die andere wert. Da steht Serjosha Polja-kow in der grünen Jacke mit den goldenen Knöpfen am Zinktisch, auf dem ein Leichnam liegt ... Hm, ja ... Da ist der Schlaf ...

3   Tuk, tuk ... Bum, bum, bum ... Aha. Wer? Wer? Was? Ach so, es klopft ... Verdammt, es klopft ... Wo bin ich? Was ist mit mir? Was ist los? Ja, in meinem Bett ... Warum werde ich geweckt? Weil ich Dienst habe. Wachen Sie auf, Doktor Bomhart. Da schlurft Marja zur Tür, um zu öffnen. Wie spät? Halb eins ... Nacht. Also habe ich bloß eine Stunde geschlafen. Was macht die Migräne? Sie ist da.

Es klopfte leise.

»Was ist los?«

Ich öffnete die Tür zum Eßzimmer. Die Nachtschwester sah mich aus der Dunkelheit an, und ich fand ihr Gesicht bleich und ihre Augen unnatürlich groß.

»Wen hat man gebracht?«

»Den Arzt aus Gorelowo«, antwortete sie heiser. »Er hat sich erschossen.«

»Po-lja-kow? Unmöglich! Poljakow?«

»Den Namen weiß ich nicht.«

»Hören Sie zu. Ich komme sofort. Sie laufen zum Chefarzt und wecken ihn. Sagen Sie ihm, ich bitte ihn dringend ins Sprechzimmer.«

Die Nachtschwester stürzte davon, der weiße Fleck entschwand meinen Augen.

Zwei Minuten später trat ich auf die Vortreppe, und ein wütender Schneesturm, trocken und stechend, peitschte mir ins Gesicht, blähte die Mantelschöße, ließ den erschrockenen Körper vereisen.

In den Fenstern des Sprechzimmers flammte unruhiges weißes Licht. Auf der Vortreppe stieß ich in einer Schneewolke auf den Chefarzt, der schon hierhergeeilt war.

»Ihr Poljakow?« fragte er und hüstelte.

»Ich begreife es nicht, doch er scheint es zu sein«, antwortete ich, und wir liefen hinein.

Von einer Bank erhob sich eine vermummte Frau und kam uns entgegen. Wohlbekannte, verheulte Augen blickten mich unter dem Rand des braunen Tuchs hervor an. Ich erkannte Marja Wlassjewna, die Hebamme aus Gorelowo, meine treue Helferin bei Entbindungen im dortigen Krankenhaus.

»Poljakow?« fragte ich.

»Ja«, antwortete sie, »schrecklich, Doktor, ich habe während der ganzen Fahrt gezittert, ob ich ihn lebend herbringe.«

»Wann ist es passiert?«

»Heute früh«, murmelte sie, »der Nachtwächter kam gelaufen und sagte, beim Doktor in der Wohnung sei ein Schuß gefallen.«

Unter der Lampe, die widerlich unruhiges Licht verbreitete, lag Doktor Poljakow, und schon beim ersten Blick auf seine leblosen, wie versteinerten Filzstiefel klopfte mir das Herz.

Die Mütze hatte man ihm abgenommen, und ich sah seine feuchtklebenden Haare. Meine Hände, die Hände der Nachtschwester und die Hände Marja Wlassjewnas wirtschafteten flink an dem Verletzten, und unter dem Mantel kam weißer Mull mit zerlaufenen gelbroten Flecken zum Vorschein. Die Brust bewegte sich schwach. Ich fühlte den Puls und zuckte zusammen, der Puls schwand unter meinen Fingern, zog sich in die Länge wie ein Faden mit kleinen, unstabilen Knoten. Schon griff die Hand des Chirurgen nach der Schulter, faßte das blasse Fleisch und kniff es zusammen, um Kampfer zu spritzen. Poljakows verklebte blaue Lippen öffneten sich zuckend, ein rötlicher Blutstreifen trat aus, und er sagte trocken und schwach:

»Laßt den Kampfer. Zum Teufel …«

»Still«, antwortete ihm der Chirurg und drückte das gelbe Öl unter die Haut.

»Wahrscheinlich ist der Herzbeutel verletzt«, flüsterte Marja Wlassjewna, hielt sich krampfhaft am Tischrand fest und betrachtete die geschlossenen Lider des Verletzten. Grauviolette Schatten wie die Schatten des Sonnenuntergangs traten immer markanter in den Kerben an den Nasenflügeln hervor und bedeckten sich mit quecksilberartigem Schweiß wie mit Tautröpfchen.

»Revolver?« fragte der Chirurg, und seine Wange zuckte.

»Browning«, lispelte Marja Wlassjewna.

»Ach«, sagte der Chirurg plötzlich wie in Wut und Ärger und trat mit einer wegwerfenden Handbewegung zurück.

Erschrocken wandte ich mich zu ihm, denn ich begriff nicht. Hinter mir blickte noch ein Augenpaar. Ein weiterer Arzt war hinzugekommen.

Auf einmal zog sich Poljakows Mund schief wie bei einem Schläfer, der eine aufdringliche Fliege verjagen will, dann zuckte sein Unterkiefer, als habe er ein würgendes Klümpchen in der Kehle und wolle es verschlucken. Ach, wer die scheußlichen Wunden von Revolver- und Gewehrkugeln gesehen hat, kennt diese Bewegung genau! Marja Wlassjewna verkrampfte gequält das Gesicht und seufzte.

»Doktor Bomhart«, sagte Poljakow kaum hörbar.

»Ich bin hier«, flüsterte ich dicht bei seinem Mund.

»Nehmen Sie mein Heft«, brachte Poljakow heiser und noch schwächer hervor.

Dann schlug er die Augen auf und hob sie zu der tristen, verschatteten Zimmerdecke. Seine dunklen Pupillen schienen sich von innen her mit Licht zu füllen, das Weiße in den Augen wurde gleichsam durchsichtig, bläulich. Die Augen blieben nach oben gerichtet, trübten sich und verloren ihre kurzlebige Farbe.

Doktor Poljakow war tot.

Nacht. Bald graut der Morgen. Die Lampe brennt sehr hell, denn das Städtchen schläft, und es gibt reichlich Strom. Alles ist still, Poljakows Leiche liegt in der Kapelle. Nacht.

Auf dem Tisch vor meinen vom Lesen entzündeten Augen liegen ein offener Umschlag und ein Brief. Er lautet:

»Lieber Kollege!

Ich werde nicht auf Ihre Ankunft warten. Ich habe es mir mit der Behandlung anders überlegt. Es ist hoffnungslos. Und quälen will ich mich auch nicht mehr. Ich habe es zur Genüge versucht. Ich warne andere: Seid vorsichtig mit den in 25 Teilen Wasser aufgelösten weißen Kristallen. Ich habe ihnen zu sehr vertraut, und sie haben mich zugrunde gerichtet. Mein Tagebuch schenke ich Ihnen. Ich habe Sie stets für wissensdurstig und für einen Liebhaber menschlicher Dokumente gehalten. Wenn es Sie interessiert, lesen Sie meine Krankengeschichte. Leben Sie wohl.

Ihr S. Poljakow«

Ein Nachsatz mit Großbuchstaben:

»Ich bitte, niemandem die Schuld an meinem Tode zu geben.

Sergej Poljakow, Arzt

13. Februar 1918«

Neben dem Brief des Selbstmörders liegt ein gewöhnliches Heft, in schwarzes Wachstuch gebunden. Die erste Hälfte der Seiten ist herausgerissen. Der Rest enthält kurze Eintragungen, anfangs mit Bleistift oder Tinte, in kleiner sauberer Handschrift, gegen Ende des Hefts aber mit Kopierstift und dickem Rotstift, in schludriger, hüpfender Schrift und mit vielen abgekürzten Wörtern.

4   ... 7*, 20. Januar

... mich sehr freut. Gott sei Dank: je einsamer, desto besser. Ich will keinen Menschen sehen, und hier werde ich keinen sehen außer kranken Bauern. Aber die werden meine Wunde kaum anrühren. Die anderen wurden übrigens wie ich in Revieren des Semstwos untergebracht. Mein ganzer Jahrgang, der nicht zum Kriegsdienst eingezogen wurde (die Landwehrmänner zweiter Ordnung des Jahrgangs 1916), ist auf die Semstwos verteilt worden. Aber das interessiert niemanden. Was meine Freunde betrifft, so weiß ich es nur von Iwanow und Bomhart. Iwanow hat das Gouvernement Archangelsk gewählt (Geschmackssache), Bomhart aber sitzt, wie mir die Feldscherin sagte, in einem Kaff namens Gorelowo, ähnlich dem meinen, drei Kreise von hier. Ich wollte ihm schreiben, ließ es aber. Ich möchte von Menschen nichts sehen noch hören.

21. Januar

Schneesturm. Nichts.

25. Januar

Ein wunderschöner Sonnenuntergang. Migränin ist eine Verbindung von antipyrin, coffein und ac. citric.

Die Pulver enthalten je 1,0 ... Kann man 1,0 nehmen? Man kann.

3. Februar

Heute bekam ich die Zeitungen der vergangenen Woche. Ich habe sie nicht gelesen, doch ich konnte es mir

* Zweifellos 1917. Dr. Bomhart.

nicht verkneifen, den Theaterplan zu überfliegen. »Aida« lief in der vergangenen Woche. Also ist sie vorgetreten und hat gesungen: »Komm, o Geliebter, nahe dich ...«

Merkwürdig, daß eine solche Krämerseele eine so ungewöhnlich klare, mächtige Stimme hat ...

(Hier sind zwei oder drei Seiten herausgerissen.)

... ist natürlich würdelos, Doktor Poljakow. Dumm und pennälerhaft, mit Gossenflüchen eine Frau zu beschimpfen, weil sie einen verlassen hat! Sie will nicht mit mir leben und ist weggegangen. Das ist alles.

Ist doch eigentlich ganz einfach. Eine Opernsängerin hat mit einem jungen Arzt geschlafen, ein Jahr mit ihm gelebt und ihn verlassen.

Soll ich sie umbringen? Soll ich? Ach, wie dumm und sinnlos ist das alles.

Hoffnungslos!

Ich will nicht denken. Ich will nicht ...

11. Februar

Schneesturm, nichts als Schneesturm ... Es weht mich zu! Ganze Abende sitze ich mutterseelenallein bei Lampenlicht. Tagsüber sehe ich noch Menschen. Aber ich arbeite mechanisch. An die Arbeit habe ich mich gewöhnt. Sie ist nicht so schlimm, wie ich gedacht hatte. Im übrigen hat mir das Lazarett im Krieg viel geholfen. Bin nicht ganz so unvorbereitet hierhergekommen.

Heute zum erstenmal eine Wendung gemacht.

Drei Menschen sind hier also unterm Schnee begraben: ich, die Feldscherin und Hebamme Anna Kirillowna und der Feldscher. Er ist verheiratet. Das Feldscherpersonal wohnt im Seitenflügel. Ich wohne allein.

15. Februar

Gestern nacht ist etwas Eigenartiges passiert: Ich wollte mich gerade schlafen legen, da bekam ich plötzlich so heftige Schmerzen in der Magengegend, daß mir kalter Schweiß auf die Stirn trat. Unsere Medizin ist trotz allem eine zweifelhafte Wissenschaft, muß ich sagen. Woher kriegt ein Mensch mit gesundem Magen und Darm (auch nie Blinddarmentzündung gehabt), mit gesunden Nieren und gesunder Leber auf einmal nachts solche Schmerzen, daß er sich im Bett windet?

Stöhnend schleppte ich mich in die Küche, wo die Köchin mit ihrem Mann Wlas übernachtete. Ich schickte ihn zu Anna Kirillowna. Sie kam gleich zu mir und war genötigt, mir eine Morphiuminjektion zu machen. Sie sagte, ich hätte ganz grün ausgesehen. Wovon?

Unser Feldscher gefällt mir nicht. Menschenscheu. Anna Kirillowna aber ist eine liebe, aufgeschlossene Frau. Ich wundere mich, wie eine keineswegs alte Frau so einsam in dieser Schneegruft leben kann. Ihr Mann ist in deutscher Gefangenschaft.

Ich muß denen ein Lob spenden, die zum erstenmal aus Mohnkapseln Morphium zogen. Wahre Wohltäter der Menschheit. Die Schmerzen hörten sieben Minuten nach der Spritze auf. Interessant: Vordem kam eine Schmerzwelle nach der anderen, so daß mir die Luft knapp wurde und ich das Gefühl hatte, jemand stieße mir ein glühendes Brecheisen in den Bauch und drehte es herum. Etwa vier Minuten nach der Spritze konnte ich die einzelnen Wellen des Schmerzes unterscheiden.

Es wäre sehr gut, wenn die Ärzte viele Medikamente an sich selbst ausprobieren könnten. Sie würden dann deren Wirkung viel besser einschätzen. Nach der Spritze schlief ich zum erstenmal seit Monaten tief und ruhig, ohne an sie zu denken, die mich betrogen hatte.

16. Februar

Heute erkundigte sich Anna Kirillowna während der Sprechstunde, wie ich mich fühle, und sagte, ich sei zum erstenmal in der ganzen Zeit nicht mürrisch.

»Was, ich bin mürrisch?«

»Sehr«, antwortete sie überzeugt und fügte hinzu, es wundere sie, daß ich stets schweige.

»Ich bin eben so ein Mensch.«

Aber das stimmt nicht. Bis zu meinem Familiendrama war ich sehr lebensfroh.

Es wird zeitig dunkel. Ich bin allein in der Wohnung. Am Abend kam wieder der Schmerz, aber nicht sehr heftig, wie ein Schatten des gestrigen Schmerzes, irgendwo unterm Brustbein. Aus Furcht vor einem erneuten Anfall spritzte ich mir selbst ein Zentigramm in den Oberschenkel.

Der Schmerz hörte fast sofort auf. Gut, daß Anna Kirillowna die Ampulle dagelassen hatte.

18. Februar

Vier Injektionen sind nicht schlimm.

25. Februar

Komische Frau, diese Anna Kirillowna! Als ob ich nicht Arzt wäre. Eineinhalb Spritzen, das sind 0,015 morph. Ja.

1. März

Doktor Poljakow, aufpassen!

Quatsch.

Dämmerung.

Schon vierzehn Tage waren meine Gedanken nicht mehr bei der Frau, die mich betrogen hat. Das Motiv aus ihrer Partie – Amneris – verfolgt mich nicht mehr. Ich bin stolz darauf. Ich bin ein Mann.

Anna K. ist meine heimliche Frau geworden. Es konnte nicht anders sein. Wir sind auf einer unbewohnten Insel eingeschlossen.

Der Schnee hat sich verändert, ist irgendwie grauer geworden. Grimmigen Frost gibt es nicht mehr, nur die Schneestürme kehren von Zeit zu Zeit wieder.

Erste Minute: das Gefühl einer Berührung am Hals. Sie breitet sich aus. Das Empfinden von Wärme. In der zweiten Minute läuft eine kalte Welle durch die Brust, dann folgen ungewöhnliche Klarheit des Denkens und eine Explosion von Arbeitslust. Jegliche unangenehmen Empfindungen hören auf. Die geistige Kraft erreicht ihren Höhepunkt. Wäre ich nicht durch die medizinische Ausbildung voreingenommen, so würde ich sagen, der Mensch kann nur nach einer Morphiumspritze normal arbeiten. Tatsächlich, was zum Teufel taugt der Mensch, wenn die kleinste Neuralgie ihn gänzlich aus dem Sattel wirft!

Anna K. hat Angst. Ich habe sie beruhigt und ihr gesagt, daß ich mich von klein auf durch größte Willenskraft auszeichne.

2. März

Gerüchte von etwas Grandiosem. Nikolaus II. soll gestürzt sein. Ich lege mich sehr früh schlafen. Gegen neun. Und schlafe herrlich.

10. März

Dort ist Revolution. Die Tage werden länger, die Dämmerung erscheint noch bläulicher.

Solche Träume gegen Morgen habe ich noch nie gehabt. Es sind doppelte Träume.

Der Haupttraum ist, ich möchte sagen, gläsern. Durchsichtig.

Da sehe ich eine unheimlich leuchtende Lampe, aus der eine bunte Lichterkette hervorsprüht. Amneris singt mit wippender grüner Feder. Ein ganz unirdisches Orchester spielt ungewöhnlich volltönend. Aber ich kann das nicht mit Worten wiedergeben. Kurzum, in einem normalen Traum ist die Musik klanglos ... (in einem normalen? Es ist noch sehr die Frage, welcher Traum normaler ist! Doch ich scherze), aber in meinem Traum klingt sie geradezu himmlisch. Und das Wichtigste, ich kann sie nach meinem Willen verstärken oder abschwächen. Ich erinnere mich, daß in »Krieg und Frieden« beschrieben wird, wie Petja Rostow im Halbschlaf einen ähnlichen Zustand erlebt. Lew Tolstoi ist ein großartiger Schriftsteller!

Jetzt zur Durchsichtigkeit: Durch die schillernden Farben »Aidas« sehe ich ganz real die Kante meines Schreibtisches in der offenen Tür des Arbeitszimmers, die Lampe, den glänzenden Fußboden, und durch die Orchesterwoge des Bolschoi-Theaters höre ich deutliche Schritte, angenehm wie dumpfe Kastagnetten.

Also ist es acht Uhr – Anna K. kommt, um mich zu wecken und mir mitzuteilen, was im Sprechzimmer los ist.

Sie ahnt nicht, daß sie mich nicht zu wecken braucht, daß ich alles höre und mit ihr sprechen kann.

Gestern habe ich folgenden Versuch gemacht:

Anna: »Sergej Wassiljewitsch ...«

Ich: »Ich höre ...« (Leise zur Musik: »Stärker.«)

Die Musik ertönt in einem großen Dis-Akkord.

Anna: »Zwanzig Patienten haben sich angemeldet.«

Amneris singt ...

Aber das läßt sich auf dem Papier nicht wiedergeben.

Sind diese Träume schädlich? O nein. Danach stehe ich gestärkt und munter auf. Ich arbeite gut. Ich habe jetzt sogar Interesse daran, anders als früher. Kein Wunder, alle meine Gedanken waren auf meine ehemalige Frau konzentriert.

Und jetzt bin ich ruhig.

Ich bin ruhig.

19. März

In der Nacht hatte ich Streit mit Anna K.

»Ich werde dir keine Lösung mehr machen.«

Ich redete ihr zu:

»Unsinn, Annalein. Bin ich etwa ein kleines Kind?«

»Ich mach's nicht mehr. Sie richten sich zugrunde.«

»Nun, wie Sie wollen. Verstehen Sie doch, ich habe Schmerzen in der Brust.«

»Lassen Sie sich behandeln.«

»Wo?«

»Fahren Sie in Urlaub. Morphium ist keine Behandlung.« Dann dachte sie nach und fügte hinzu: »Ich kann es mir nicht verzeihen, daß ich Ihnen damals ein zweites Fläschchen zurechtgemacht habe.«

»Was denn, bin ich vielleicht ein Morphinist?«

»Sie sind auf dem besten Wege, einer zu werden.«

»Sie tun es also nicht?«

»Nein.«

Da entdeckte ich zum erstenmal in mir die unangenehme Eigenschaft, böse zu werden, ja jemanden anzuschreien, wenn ich im Unrecht war.

Im übrigen kam das nicht sofort. Ich ging ins Schlafzimmer. Sah nach. Im Fläschchen plätscherte es noch ein wenig. Ich zog die Spritze auf, sie füllte sich nur zu einem Viertel. Ich warf sie zu Boden und begann zu zittern. Sorgsam hob ich sie auf, untersuchte sie, kein Sprung. An die zwanzig Minuten blieb ich im Schlafzimmer sitzen. Dann schaute ich hinaus, sie war nicht mehr da.

Weggegangen.

Man stelle sich vor, ich hielt es nicht aus und ging zu ihr. Klopfte an ihr erleuchtetes Fenster im Seitenflügel. Sie kam heraus auf die Vortreppe, in ihr Tuch gewickelt. Still, ganz still war die Nacht. Der Schnee flaumig locker. Irgendwo tief im Himmel roch es nach Frühling.

»Anna Kirillowna, geben Sie mir bitte die Apothekenschlüssel.«

Sie flüsterte: »Die gebe ich Ihnen nicht.«

»Genossin, geben Sie mir bitte die Schlüssel. Ich spreche als Arzt zu Ihnen.«

Im Dämmerlicht sah ich ihr Gesicht erbleichen, und ihre Augen sanken ein, wurden tief und schwarz. Die Stimme, mit der sie antwortete, rief in meiner Seele Mitleid wach. Doch dann übermannte mich wieder der Zorn.

Sie: »Warum sprechen Sie so? Ach, Sergej Wassiljewitsch, Sie tun mir leid.«

Ihre Hände kamen mit den Schlüsseln unter dem Tuch hervor. Sie hatte sie schon mitgebracht.

Ich (grob): »Geben Sie her!«

Ich riß ihr die Schlüssel aus der Hand. Ging über den morschen, wippenden Bretterweg auf das weißschimmernde Krankenhausgebäude zu.

In mir kochte die Wut, vor allem weil ich nicht die leiseste Ahnung hatte, wie eine Morphiumlösung für subkutane Injektion zubereitet wird. Ich bin Arzt und kein Feldscher.

Ich ging und zitterte.

Ich hörte, daß sie mir wie ein treuer Hund folgte. Zärtlichkeit stieg in mir auf, doch ich erstickte sie. Ich drehte mich um und sagte zähnefletschend:

»Machen Sie's mir oder nicht?«

Sie winkte resigniert ab, als wolle sie sagen, es sei ja doch alles egal, und antwortete leise:

»Geben Sie her, ich mach's.«

Eine Stunde später war ich in normaler Verfassung. Natürlich bat ich sie um Verzeihung für meine sinnlose Grobheit. Ich wüßte selber nicht, wie mir das passieren konnte. Früher sei ich ein höflicher Mensch gewesen.

Sie nahm meine Entschuldigung seltsam auf. Fiel auf die Knie, schmiegte sich an meine Hände und sagte:

»Ich bin Ihnen nicht böse. Nein. Ich weiß jetzt, Sie sind verloren. Ich weiß es. Und ich verfluche mich, daß ich Ihnen damals die Injektion gemacht habe.«

Ich beruhigte sie, so gut ich konnte, versicherte ihr, sie trage gar keine Schuld und ich sei für meine Handlungen allein verantwortlich. Ich versprach ihr, von morgen an ernsthaft mit der Entwöhnung zu beginnen, indem ich die Dosis verringere.

»Wieviel haben Sie jetzt gespritzt?«

»Eine Kleinigkeit. Drei Spritzen mit einprozentiger Lösung.«

Sie preßte den Kopf in die Hände und schwieg.

»Aber so regen Sie sich doch nicht auf!«

Dabei konnte ich ihre Besorgnis verstehen. Tatsächlich ist morphium hydrochloricum ein gefährliches Zeug. Man wird sehr schnell süchtig. Aber eine kleine Sucht ist doch noch kein Morphinismus?

Wahrhaftig, diese Frau ist mein einziger treuer, wirklicher Freund. Eigentlich sollte sie meine Frau sein. Die andere habe ich vergessen. Vergessen. Dank dem Morphium …

8. April 1917

Es ist eine Qual.

9. April

Der Frühling ist scheußlich.

Der Teufel im Fläschchen. Kokain ist der Teufel im Fläschchen!

Es wirkt folgendermaßen: Wenn man zweiprozentige Lösung injiziert, tritt fast augenblicklich ein Zustand von Ruhe ein, der sogleich in Begeisterung und Glückseligkeit übergeht. Das dauert jedoch nur eine oder zwei Minuten. Dann verschwindet alles spurlos, als wäre es nie gewesen. Nun kommen Schmerzen, Entsetzen, Finsternis. Der Frühling dröhnt, schwarze Vögel fliegen auf den kahlen Bäumen von Zweig zu Zweig, in der Ferne reckt sich borstenartig ein schwarzer Wald gen Himmel, dahinter lodert, ein Viertel des Himmels erfassend, der erste Frühlingssonnenuntergang.

Mit meinen Schritten durchmesse ich das einsame große Zimmer in meiner Arztwohnung, quer von der Tür zum Fenster und vom Fenster zur Tür. Wie viele solcher Gänge kann ich machen? Höchstens fünfzehn oder sechzehn. Dann muß ich ins Schlafzimmer gehen. Auf Mull liegt die Spritze neben dem Fläschchen. Ich nehme sie, reibe sorgsam den zerstochenen Schenkel mit Jod ab und steche die Nadel in die Haut. Keinerlei Schmerz. Oh, im Gegenteil: Ich genieße im voraus die Euphorie, die gleich kommt. Da ist sie schon. Ich erkenne sie daran, daß die Töne der Harmonika, die der über den Frühling erfreute Wächter Wlas draußen auf der Vortreppe spielt, diese abgerissenen, heiseren Harmonikatöne, die dumpf durchs Fenster zu mir dringen, zu Engelsstimmen werden und die groben Bässe des ausgeleierten Balges wie ein himmlischer Chor tönen. Aber da ist schon der Moment, wo das Kokain im Blut nach einem geheimnisvollen, noch in keinem pharmakologischen Lehrbuch beschriebenen Gesetz sich in etwas Neues verwandelt. Ich weiß: Der Teufel spukt in meinem Blut. Wlas auf der Vortreppe nickt ein, und ich hasse ihn, und der Sonnenuntergang, unruhig grummelnd, brennt mir die Eingeweide aus. So geht es ein paarmal hintereinander an einem Abend, bis ich begreife, daß ich vergiftet bin. Das Herz hämmert dermaßen, daß ich es in den Händen spüre, in den Schläfen ... Dann sackt alles in den Abgrund, und es gibt Momente, da denke ich, Doktor Poljakow kehrt nie wieder ins Leben zurück ...

13. April

Ich, der unglückliche Doktor Poljakow, der im Februar dieses Jahres an Morphinismus erkrankte, warne jeden, dem ein ähnliches Los beschieden ist: Nie soll er Morphium durch Kokain ersetzen wollen. Kokain ist ein abscheuliches und tückisches Gift. Gestern hat mich Anna mühsam mit Kampfer auf die Beine gebracht, und heute bin ich halbtot.

6. Mai 1917

Schon ziemlich lange habe ich mein Tagebuch nicht zur Hand genommen. Leider ist es weniger ein Tagebuch als eine Krankengeschichte, und ich habe offenbar einen professionellen Hang zu meinem einzigen Freund auf der Welt (einmal abgesehen von meiner verhärmten und häufig weinenden Freundin Anna).

Also, wenn ich schon eine Krankengeschichte schreibe:

Ich spritze zweimal in vierundzwanzig Stunden Morphium: um fünf Uhr nachmittags (nach dem Essen) und um Mitternacht vor dem Einschlafen.

Die Lösung ist dreiprozentig, zwei Spritzen nehme ich, folglich macht eine 0,06 aus.

Ganz schön!

Meine bisherigen Aufzeichnungen sind ein bißchen hysterisch. Nichts ist besonders beängstigend. Meine Arbeitsfähigkeit ist nicht im geringsten beeinträchtigt. Im Gegenteil: Ich zehre den ganzen Tag von der nächtlichen Injektion. Operationen gelingen mir vortrefflich, ich halte mich einwandfrei an die Rezeptur und verbürge mich mit meinem Wort als Arzt, daß mein Morphinismus den Patienten keinen Schaden gebracht hat. Ich hoffe, es bleibt so. Etwas anderes quält mich. Ich lebe in ständiger Furcht, jemand könnte von meinem Laster erfahren. Und es liegt mir schwer auf der Seele, wenn ich in der Sprechstunde den prüfenden Blick des assistierenden Feldschers im Rücken spüre.

Unsinn! Er hat keine Ahnung. Nichts verrät mich. Meine Pupillen könnten mich nur abends verraten, und abends sieht er mich nie.

Die schlimmen Morphiumeinbußen in unserer Apotheke habe ich bei einem Besuch in der Kreisstadt ergänzt. Aber auch dort mußte ich unangenehme Minuten durchstehen. Der Leiter des Speichers las meine Bestellung, in die ich vorsorglich auch allerlei anderes Zeug eingetragen hatte, Coffein etwa, von dem wir reichlich haben, und sagte:

»Vierzig Gramm Morphium?«

Ich schlug die Augen nieder wie ein Schüler und errötete.

»Soviel haben wir nicht«, sagte er. »Zehn Gramm können Sie kriegen.«

Er hatte wirklich nicht soviel, doch ich bildete mir ein, er habe mein Geheimnis durchschaut, zwicke und durchbohre mich mit dem Blick, und ich war qualvoll aufgeregt.

Nein, die Pupillen, nur die Pupillen sind verräterisch, darum habe ich es mir zur Regel gemacht, abends mit niemandem zusammenzukommen. Übrigens ist dafür kein Platz besser geeignet als mein Revier, denn schon über ein halbes Jahr sehe ich keinen Menschen außer meinen Patienten. Und die kümmern sich nicht um mich.

18. Mai

Die Nacht ist schwül. Es wird ein Gewitter geben. Der schwarze Wolkenbauch in der Ferne hinter dem Wald schwillt an und bläht sich. Da zuckt es auch schon bleich und beunruhigend. Das Gewitter kommt.

Ich habe ein Buch vor mir, darin steht über die Morphiumabstinenz:

»… große Unruhe, erregter, schwermütiger Zustand, Reizbarkeit, Gedächtnisschwund, mitunter Halluzinationen und Bewußtseinstrübungen geringen Grades …«

Halluzinationen habe ich noch nicht gehabt, doch was das übrige betrifft, so kann ich sagen: Welch schwache, trockene, nichtssagende Worte! »Schwermütiger Zustand!«

Nein, ich, der ich an dieser entsetzlichen Krankheit leide, möchte den Ärzten empfehlen, barmherziger zu ihren Patienten zu sein. Nicht ein »schwermütiger Zustand«, sondern ein langsamer Tod befällt den Morphinisten, dem nur für eine Stunde oder zwei das Morphium entzogen wird. Die Luft scheint zu dünn, er kann sie nicht schlucken. Keine Zelle im Körper, die nicht gierte … Wonach? Das läßt sich weder definieren noch erklären. Kurzum, er ist kein Mensch. Er ist ausgeschaltet. Er ist ein Leichnam, der sich bewegt, sich quält und leidet. Er will nichts, er ersehnt nichts außer Morphium. Morphium!

Verdursten ist ein paradiesischer, glückseliger Tod, verglichen mit der Gier nach Morphium. So hascht wohl ein lebendig Begrabener nach den letzten Luftbläschen in seinem Grab und fetzt mit den Nägeln die Haut auf der Brust auf. So stöhnt und windet sich der Ketzer auf dem Scheiterhaufen, wenn die ersten Flammen nach seinen Beinen züngeln …

Der Tod – ein qualvoller, langsamer Tod …

Das also steckt hinter den professoralen Worten »schwermütiger Zustand«.

Ich kann nicht mehr. Ich habe mir doch wieder eine Injektion gemacht. Ein Seufzer. Noch ein Seufzer.

Leichter. Und da … da … die mentholartige Kühle in der Brust …

Drei Spritzen mit dreiprozentiger Lösung. Das reicht bis Mitternacht.

Quatsch. Diese Eintragung ist Quatsch. Alles halb so schlimm. Früher oder später geb ich's auf! Jetzt schlafen, schlafen.

Dieser dumme Kampf gegen das Morphium quält und schwächt mich bloß.

(An dieser Stelle sind im Heft zwei Dutzend Seiten herausgeschnitten.)

… wieder Erbrechen um 4.30 Uhr.

Wenn mir besser ist, schreibe ich meine entsetzlichen Eindrücke auf.

14. November 1917

Also, nach meiner Flucht aus der Moskauer Heilanstalt des Doktors … (Name sorgfältig gestrichen) bin ich wieder zu Hause. Wie ein Schleier verhüllt der strömende Regen die Welt. Mag er. Ich brauche sie nicht, ebensowenig wie mich jemand auf der Welt braucht. Die Schießerei und den Umsturz habe ich in der Heilanstalt miterlebt. Aber der Gedanke, die Kur hinzuschmeißen, war schon vor den Moskauer Straßenkämpfen heimlich in mir gereift. Ich bin dem Morphium dankbar, daß es mich mutig gemacht hat. Keine Schießerei jagt mir Angst ein. Was kann überhaupt einen Menschen ängstigen, der nur an eines denkt – an die wundersamen göttlichen Kristalle? Als die Pflegerin, ganz kopfscheu von dem Kanonendonner … (Hier fehlt eine Seite.) … diese Seite herausgerissen, damit niemand je die schmachvolle Schilderung liest, wie ein Mensch mit Diplom diebisch und feige flieht und seinen eigenen Anzug stiehlt.

Aber was ist schon der Anzug! Ich habe ein Krankenhaushemd mitgenommen. Es war mir egal. Am nächsten Tag, nachdem ich mir eine Injektion gemacht hatte, wurde ich wieder rege und kehrte zu Doktor N. zurück.

Er empfing mich mitleidig, aber durch das Mitleid schimmerte Verachtung. Das hätte er sich sparen können. Schließlich ist er Psychiater und sollte wissen, daß ich nicht immer Herr meiner selbst bin. Ich bin krank. Wozu mich verachten? Ich gab das Krankenhaushemd zurück.

»Danke«, sagte er und fügte hinzu: »Was gedenken Sie jetzt zu tun?«

Ich sagte forsch, denn ich war im Zustand der Euphorie: »Ich habe beschlossen, in meine Einöde zurückzukehren, zumal mein Urlaub zu Ende ist. Ich danke Ihnen sehr für Ihre Hilfe, ich fühle mich bedeutend besser. Ich werde die Kur zu Hause fortsetzen.«

Er antwortete:

»Sie fühlen sich nicht im geringsten besser. Lächerlich, daß Sie mir so etwas sagen. Dabei genügt ein Blick auf Ihre Pupillen. Wem erzählen Sie so etwas?«

»Professor, ich kann es mir nicht auf einmal abgewöhnen, besonders jetzt bei all diesen Ereignissen. Die Schießerei hat mich ganz zermürbt.«

»Sie ist vorbei. Wir haben eine neue Macht. Legen Sie sich wieder hin.«

Da fiel mir alles wieder ein – die kalten Korridore ... die mit Ölfarbe angestrichenen kahlen Wände ... ich krieche wie ein Hund mit gebrochenem Bein ... warte ... Worauf? Auf ein heißes Bad? Auf eine Injektion von 0,005 Morphium. Eine Dosis, von der wirklich keiner stirbt ... bloß ... aber die ganze Schwermut bleibt, lastet auf mir wie zuvor ... Die leeren Nächte, das Hemd, das ich mir am Leibe zerriß unter flehentlichen Bitten, mich hinauszulassen.

Nein ... nein ... Das Morphium wurde erfunden, wurde aus den trocken rasselnden Kapseln der göttlichen Pflanze gewonnen, nun finden Sie eine Methode, die Sucht ohne Qual zu kurieren! Eigensinnig schüttelte ich den Kopf. Da erhob er sich, und ich stürzte erschrocken zur Tür. Ich glaubte, er wolle sie verschließen und mich gewaltsam in der Klinik festhalten.

Der Professor lief rot an.

»Ich bin kein Kerkerknecht«, stieß er gereizt hervor, »und wir sind hier nicht im Butyrki-Gefängnis. Bleiben Sie sitzen. Sie haben geprahlt, Sie wären ganz normal, das ist zwei Wochen her. Dabei ...« Ausdrucksvoll ahmte er meine Schreckensgeste nach. »Ich halte Sie nicht.«

»Professor, geben Sie mir meine Unterschrift zurück. Ich flehe Sie an.« Meine Stimme zitterte kläglich.

»Bitte sehr.«

Klickend drehte er den Schlüssel der Schreibtischschublade herum und gab mir den Revers, in dem ich mich unterschriftlich verpflichtet hatte, die zweimonatige Kur durchzustehen und mich in der Klinik festhalten zu lassen usw., kurzum, das übliche.

Mit zitternder Hand nahm ich das Papier entgegen, steckte es ein und stammelte:

»Ich danke Ihnen.«

Dann stand ich auf, um zu gehen.

»Doktor Poljakow!« rief er mir nach. Ich drehte mich um, die Türklinke in der Hand. »Hören Sie zu«, sprach er, »besinnen Sie sich. Begreifen Sie doch, Sie landen sowieso in einer psychiatrischen Klinik, vielleicht ein bißchen später, aber dann in viel schlimmerem Zustand. Ich habe Sie trotz allem noch als Arzt angesehen. Später aber kommen Sie im Zustand völliger seelischer Zerrüttung. Sie dürften eigentlich gar nicht mehr praktizieren, mein Lieber, und es ist vielleicht verbrecherisch, Ihre Dienststelle nicht zu informieren.«

Ich zuckte zusammen und spürte deutlich, wie mir die Farbe aus dem Gesicht wich (obwohl ich ohnedies kaum Farbe habe).

»Ich flehe Sie an, Professor«, sagte ich dumpf, »sagen Sie es niemandem. Dann würde ich entlassen, als Kranker verschrien. Warum wollen Sie mir das antun?«

»Gehen Sie«, rief er ärgerlich, »gehen Sie. Ich werde nichts sagen. Man bringt Sie ja doch hierher zurück.«

Ich ging, und ich schwöre, ich habe den ganzen Weg vor Scham und Schmerz gezittert. Warum?

Ganz einfach. Ach, mein Freund, mein treues Tagebuch. Du wirst mich doch nicht verraten? Ich habe in der Klinik Morphium gestohlen. Drei Kubikzentimeter Kristalle und zehn Gramm einprozentige Lösung.

Dies ist das eine, aber noch etwas anderes ist wichtig. Der Schlüssel steckte im Schrank. Und wenn er nicht gesteckt hätte? Hätte ich den Schrank aufgebrochen oder nicht? Na? Ehrlich?

Ich hätte ihn aufgebrochen.

Doktor Poljakow ist also ein Dieb. Ich komme schon noch dazu, diese Seite herauszureißen.

Na, was das Praktizieren betrifft, so hat er doch zu dick aufgetragen. Ja, ich bin degeneriert. Sehr richtig. Der Zerfall meiner moralischen Persönlichkeit hat begonnen. Aber arbeiten kann ich, ich füge keinem meiner Patienten Böses oder Schaden zu.

Ja, warum habe ich gestohlen? Ganz einfach. Ich war überzeugt, während der Kämpfe und der ganzen Wirren im Zusammenhang mit dem Umsturz nirgendwo Morphium zu bekommen. Als es aber stiller geworden war, erhielt ich in einer Apotheke am Stadtrand fünfzehn Gramm einprozentige Lösung, für mich ziemlich nutzlos und zermürbend (davon brauche ich neun Spritzen). Und obendrein mußte ich mich noch erniedrigen. Der Apotheker verlangte einen Stempel und musterte mich mürrisch und argwöhnisch. Dafür bekam ich am nächsten Tag, als ich wieder meine Norm hatte, in einer anderen Apotheke ohne Schwierigkeiten zwanzig Gramm in Kristallen; ich hatte ein Rezept fürs Krankenhaus ausgefertigt (natürlich hatte ich Coffein und Aspirin dazugeschrieben). Ja, warum soll ich eigentlich Versteck spielen und mich fürchten? Wirklich, als ob auf meiner Stirn geschrieben stünde, daß ich Morphinist bin. Wen geht das schließlich was an!

Ist der Verfall so groß? Ich rufe diese Aufzeichnungen zum Zeugen an. Sie sind bruchstückartig, doch ich bin ja auch kein Schriftsteller! Sind etwa verrückte Gedanken darin? Ich glaube, ganz nüchtern zu urteilen.

Ein Morphinist besitzt ein Glück, das ihm niemand nehmen kann – die Fähigkeit, sein Leben in gänzlicher Einsamkeit zu verbringen. Einsamkeit, das sind wichtige, bedeutsame Gedanken, das ist Betrachtung, Ruhe, Weisheit ...

Die Nacht strömt dahin, schwarz und schweigsam. Irgendwo liegt der kahle Wald, dahinter ein Flüßchen, Kälte, Herbst. Fern, ganz fern ist das umgewühlte, stürmische Moskau. Mich geht das nichts an, ich brauche nichts, mich zieht es nirgendwo hin.

Brenne in meiner Lampe, Flämmchen, brenne leise, ich möchte ausruhen von den Moskauer Abenteuern, ich möchte sie vergessen.

Und ich habe sie vergessen.

Ich habe vergessen.

18. November

Morgenfrost. Trockenes Wetter. Ich ging den Pfad entlang zum Fluß, denn ich atme fast niemals frische Luft.

Zerfall der Persönlichkeit – mag sein, doch ich unternehme noch immer Versuche zur Abstinenz. Heute morgen zum Beispiel habe ich nicht gespritzt (sonst spritze ich jetzt dreimal täglich je drei Spritzen mit vierprozentiger Lösung). Das ist mir peinlich. Anna tut mir leid. Jedes neue Prozent tötet sie. Sie tut mir leid. Ach, was ist sie für ein Mensch!

Ja ... so ... nun ... als es mir schlecht ging, beschloß ich, die Qual auf mich zu nehmen (Professor N. hätte seine Freude an mir gehabt) und die Spritze zurückzuziehen, dann ging ich zum Fluß.

Welche Einöde. Kein Rascheln, kein Laut. Die Dämmerung ist noch nicht da, aber sie lauert schon irgendwo und schleicht heran durch die Sümpfe, über die Bülten, zwischen den Baumstümpfen ... Immer näher kommt sie dem Krankenhaus Lewkowo ... Auch ich schleiche, gestützt auf meinen Stock (ehrlich gesagt, ich bin in letzter Zeit recht schwach geworden). Mit eins sah ich, wie vom

Fluß, die Steigung herauf, ohne die Beine unter dem bunten Glockenrock zu bewegen, ein altes Weiblein mit gelben Haaren auf mich zugeeilt kam. Im ersten Moment begriff ich nicht und erschrak nicht einmal. Ein altes Weiblein wie viele andere. Merkwürdig, warum hatte sie in der Kälte nichts auf dem Kopf und trug nur die Bluse? Und wo kam sie her? Wer war sie? Die Sprechstunde bei uns in Lewkowo ging zu Ende, die letzten Bauernschlitten fuhren nach Hause, und zehn Werst im Umkreis wohnte kein Mensch. Nebelschwaden, Sümpfe, Wälder! Dann plötzlich rann mir kalter Schweiß den Rücken hinunter – ich hatte begriffen! Das Weiblein lief nicht, es flog, ohne die Erde zu berühren. Ein starkes Stück, was? Aber nicht das entriß mir den Schrei, sondern der Umstand, daß sie eine Heugabel in der Hand hielt. Warum erschrak ich so? Warum? Ich fiel auf ein Knie nieder und schlug die Hände vors Gesicht, um die Alte nicht zu sehen, dann machte ich kehrt, lief humpelnd zum Haus wie zu einem rettenden Ort und wünschte nichts als das eine, daß mir nicht das Herz stehenblieb, daß ich schleunigst in warme Räume käme, die lebendige Anna sähe ... und Morphium ...

Und ich schaffte es.

Quatsch. Eine nichtige Halluzination. Eine zufällige Halluzination.

19. November

Erbrechen. Das ist schlecht.

Nächtliches Gespräch mit Anna am Einundzwanzigsten.

Anna: Der Feldscher weiß es.

Ich: Wirklich? Egal. Unwichtig.

Anna: Wenn du nicht in die Stadt fährst, häng ich mich auf. Hörst du? Sieh bloß mal deine Hände an, sieh sie dir an.

Ich: Sie zittern ein bißchen. Das stört mich überhaupt nicht bei der Arbeit.

Anna:	Ganz durchsichtig sind sie. Haut und Knochen … Sieh dein Gesicht an. Höre, Serjosha, fahr weg, ich beschwöre dich, fahr weg …
Ich:	Und du?
Anna:	Fahr weg. Fahr weg. Du gehst zugrunde.
Ich:	Na, das ist übertrieben. Aber ich begreife tatsächlich nicht, warum ich so schnell von Kräften gekommen bin. Ich bin doch noch nicht mal ein Jahr krank. Es liegt wohl an meiner Konstitution.
Anna:	(traurig): Was kann dich dem Leben zurückgeben? Vielleicht diese Amneris, deine Frau?
Ich:	O nein, beruhige dich. Dem Morphium sei gedankt, es hat mich von ihr befreit. Statt ihrer hab ich das Morphium.
Anna:	Ach, mein Gott, was soll ich tun?

Ich hatte gedacht, solche Frauen wie Anna gäbe es nur in Romanen. Falls ich gesunde, werde ich mein Schicksal für immer mit ihr verbinden. Der andere soll in Deutschland bleiben.

27. Dezember

Schon lange habe ich das Heft nicht zur Hand genommen. Ich bin warm eingemummt, die Pferde warten. Bomhart hat sein Revier in Gorelowo verlassen, und ich soll ihn ablösen. Mein Revier übernimmt eine Ärztin.

Anna bleibt hier. Sie wird mich besuchen.

Allerdings sind es dreißig Werst …

Wir haben beschlossen, daß ich am ersten Januar einen Monat Krankheitsurlaub nehme und zum Professor nach Moskau fahre. Ich werde wieder meine Unterschrift leisten und einen Monat lang in seiner Klinik unmenschliche Qualen ausstehen.

Leb wohl, Lewkowo. Auf Wiedersehen, Anna.

1918

Januar

Ich bin nicht gefahren. Ich kann mich nicht trennen von meinem Gott, den aufgelösten Kristallen.

Während der Kur würde ich sterben. Immer öfter kommt mir der Gedanke, daß ich keine Heilung brauche.

15. Januar

Erbrechen am Morgen. Drei Spritzen vierprozentiger Lösung in der Dämmerung. Drei Spritzen vierprozentiger Lösung in der Nacht.

16. Januar

Heute ist Operationstag, darum große Enthaltsamkeit von der Nacht bis sechs Uhr abends.

In der Dämmerung, der schlimmsten Zeit, war ich schon zu Hause, da hörte ich deutlich eine Stimme, die monoton und drohend immer wieder sagte: Sergej Wassiljewitsch, Sergej Wassiljewitsch.

Nach der Injektion hörte das sofort auf.

17. Januar

Schneesturm, keine Sprechstunde. Während der Enthaltsamkeit las ich in einem Lehrbuch für Psychiatrie, und es wirkte niederschmetternd auf mich. Ich bin verloren, keine Hoffnung mehr.

Ich erschrecke vor jedem Rascheln, und während der Enthaltsamkeit sind mir die Menschen verhaßt. Ich habe Angst vor ihnen. Während der Euphorie liebe ich sie alle, dennoch ziehe ich die Einsamkeit vor.

Hier muß ich aufpassen, denn hier sind ein Feldscher und zwei Hebammen. Ich muß sehr darauf achten, mich nicht zu verraten. Ich bin gewitzt, ich werde mich nicht verraten. Niemand wird etwas erfahren, solange ich einen Vorrat an Morphium habe. Die Lösung bereite ich selbst, oder ich schicke das Rezept rechtzeitig Anna. Einmal hat sie den – törichten – Versuch gemacht, mir statt der fünfprozentigen eine zweiprozentige Lösung unterzuschieben. Sie brachte sie mir von Lewkowo bei Kälte und Schneesturm.

Wir hatten deswegen einen schweren Streit in der Nacht. Ich setzte ihr zu, so etwas nie wieder zu tun. Dem hiesigen Personal teilte ich mit, daß ich erkrankt sei. Lange zerbrach ich mir den Kopf, welche Krankheit ich mir zulegen sollte. Dann sagte ich, ich hätte Rheumatismus in den Beinen und schwere Neurasthenie. Sie wissen, daß ich im Februar nach Moskau fahre, um mich zu kurieren. Alles geht glatt. In der Arbeit keine Fehlschläge. An den Tagen, wo ich unter Erbrechen und Schluckauf leide, vermeide ich es zu operieren. Darum mußte ich mir auch noch einen Magenkatarrh zulegen. Ach, so viele Krankheiten in einem Menschen!

Das hiesige Personal ist mitleidig und rät mir zu dem Urlaub.

Mein Aussehen: mager, wachsbleich.

Ich habe ein Bad genommen und mich bei dieser Gelegenheit auf der Krankenhauswaage gewogen. Voriges Jahr wog ich 130 Pfund, jetzt sind es nur noch 108. Zuerst erschrak ich, doch das ging vorüber.

Auf den Unterarmen habe ich ständig Eiterbeulen, ebenso auf den Oberschenkeln. Ich verstehe es nicht, die Lösung steril zu bereiten, außerdem habe ich dreimal unabgekochte Spritzen benutzt, ich hatte es sehr eilig vor der Reise.

Das ist unzulässig.

18. Januar

Ich hatte eine Halluzination: Ich warte darauf, in den schwarzen Fenstern bleiche Gesichter erscheinen zu sehen. Unerträglich. Der Store ist zu wenig. Ich holte mir im Krankenhaus Mull und verhängte die Scheiben. Ein Vorwand fiel mir nicht ein.

Ach, hol's der Teufel! Warum eigentlich muß ich mir für jede Handlung einen Vorwand ausdenken? Das ist ja eine einzige Qual und kein Leben.

Drücke ich meine Gedanken glatt aus? Ich finde, ja. Leben? Lächerlich.

19. Januar

Heute, in einer Pause der Sprechstunde, als wir uns in der Apotheke ausruhten und rauchten, erzählte der Feldscher, während er Pulver zurechtmachte (aus irgendwelchen Gründen lachte er dabei), daß eine an Morphinismus erkrankte Feldscherin, die sich kein Morphium mehr verschaffen konnte, statt dessen jeweils ein halbes Glas Opiumaufguß zu nehmen pflegte. Während dieses quälenden Berichts wußte ich nicht, wo ich meine Augen lassen sollte. Was gibt es dabei zu lachen? Ich hasse ihn. Was ist daran lächerlich?

Ich stahl mich aus der Apotheke.

Was finden Sie an dieser Krankheit lächerlich?

Aber ich sagte es nicht, ich sa...

In meiner Situation ist es nicht angebracht, die Menschen besonders hochmütig zu behandeln.

Ach, der Feldscher. Er ist genauso grausam wie diese Psychiater, die einem Kranken mit nichts, mit nichts, mit nichts helfen können.

Mit nichts.

Die vorhergehenden Zeilen sind während der Enthaltsamkeit geschrieben und enthalten viel Ungerechtes.

Jetzt ist Mondnacht. Nach einem Anfall von Erbrechen liege ich geschwächt. Ich kann die Hände nicht hochheben und male meine Gedanken mit dem Bleistift hin. Sie sind rein und stolz. Für ein paar Stunden bin ich glücklich. Vor mir liegt der Schlaf. Über mir ist der Mond, er hat einen Hof. Nach der Spritze fürchte ich nichts.

1. Februar

Anna ist gekommen. Sie sieht gelb und krank aus.

Ich habe sie zugrunde gerichtet. Jawohl. Eine große Sünde liegt auf meinem Gewissen.

Ich habe ihr geschworen, Mitte Februar wegzufahren.

Werde ich den Schwur halten?

Ja. Ich halte ihn.

Also werde ich leben.

3. Februar

Also: ein Hügel. Vereist und endlos wie jener, von dem in meiner Kindheit der Schlitten den kleinen Kay aus dem Märchen hinwegtrug. Mein letzter Flug über den Hügel, und ich weiß, was mich unten erwartet. Ach, Anna, großes Leid wirst du bald erdulden, wenn du mich geliebt hast.

11. Februar

Ich habe mich entschlossen. Ich werde an Bomhart schreiben. Warum gerade an ihn? Weil er kein Psychiater, weil er jung und mein Studienfreund ist. Er ist gesund und stark, aber weich, wenn ich mich recht erinnere. Vielleicht finde ich Teilnahme bei ihm. Er wird sich was einfallen lassen. Soll er mich nach Moskau bringen. Ich kann nicht zu ihm fahren. Urlaub habe ich schon bekommen. Liege im Bett. Gehe nicht ins Krankenhaus.

Den Feldscher habe ich schlechtgemacht. Nun ja, er hat gelacht. Unwichtig. Er hat mich besucht. Schlug vor, mich abzuhorchen.

Ich habe es nicht erlaubt. Wieder einen Vorwand für meine Weigerung suchen? Ich will nicht. Der Brief an Bomhart ist abgeschickt.

Menschen! Wird mir jemand helfen?

Pathetisch rufe ich es aus. Könnte es jemand lesen, er würde denken – unaufrichtig. Aber niemand wird es lesen.

Bevor ich an Bomhart schrieb, dachte ich an alles zurück. Besonders an den Moskauer Bahnhof im November nach meiner Flucht aus der Klinik. Entsetzlicher Abend. In der Toilette injiziere ich mir das gestohlene Morphium ... Qualvoll. An der Tür hämmert es, Stimmen brüllen wie aus Eisen, fluchen, weil ich so lange brauche, die Hände flattern, der Riegel wackelt, gleich springt die Tür auf …

Seitdem habe ich die Furunkel.

Ich habe in der Nacht geweint, als ich daran dachte.

12. Nachts.

Wieder geweint. Was soll diese Schwäche und die Scheußlichkeit in der Nacht.

1918. 13. Februar, Morgengrauen in Gorelowo.

Ich kann mir gratulieren: Seit vierzehn Stunden keine Spritze! Vierzehn! Unvorstellbare Zahl. Trüb und grauweiß wird es Tag. Jetzt werde ich ganz gesund.

Bei reiflicher Überlegung: Ich brauche weder Bomhart noch sonstwen. Es wäre schmählich, mein Leben auch nur um eine Minute zu verlängern. Ein solches Leben, nein, das darf ich nicht. Ich habe das Medikament zur Hand. Wieso bin ich nicht früher darauf gekommen?

Nun denn, ans Werk. Ich bin niemandem etwas schuldig. Nur mich habe ich zugrunde gerichtet. Und Anna. Was kann ich tun?

Heilen auch wird's die Zeit, so sang Amner. Bei ihr ist das natürlich einfach.

Mein Heft bekommt Bomhart. Schluß …

5   Im Morgengrauen des 14. Februar 1918 las ich in einem entlegenen Städtchen diese Aufzeichnungen von Sergej Poljakow. Ich habe sie hier vollständig vorgelegt, ohne die kleinste Änderung. Ich bin kein Psychiater und kann nicht mit Sicherheit sagen, ob sie lehrreich, ob sie notwendig sind.

Ich finde, sie sind es.

Jetzt, zehn Jahre später, empfinde ich selbstverständlich nicht mehr soviel Schrecken und Mitleid wie damals. Das ist natürlich, aber nachdem ich heute, wo Poljakows Körper längst vermodert und die Erinnerung an ihn erloschen ist, die Aufzeichnungen nochmals gelesen habe, fand ich sie doch wieder interessant. Vielleicht sind sie notwendig? Ich bin mutig genug, diese Frage positiv zu beantworten. Anna K. starb 1922 an Flecktyphus in demselben Revier, wo sie gearbeitet hatte. Amneris, Poljakows erste Frau, ist im Ausland und kehrt nicht zurück.

Darf ich die mir geschenkten Aufzeichnungen veröffentlichen? Ich darf. Ich veröffentliche sie.

Doktor Bomhart

Herbst 1927

Abschrift

Kreissemstwoamt Sytschowka
18. September 1918
Nr.
Sytschowka

ZEUGNIS

Mit dem vorliegenden Zeugnis wird dem Arzt Michail
Afanassjewitsch Bulgakow bescheinigt, daß er vom 29. September 1916 bis zum 18. September des laufenden Jahres
1917 als Angestellter des Semstwos Sytschowka leitender
Arzt im Semstwokrankenhaus von Nikolskaja war und sich in
dieser Zeit als energischer und unermüdlicher Mitarbeiter
in der Semstwotätigkeit bewährt hat.
Nach den Informationen des Semstwoamtes hat er in der
genannten Zeit im Arztvier von Nikolskaja 211 Personen sta-
tionär und 15 361 Personen ambulant behandelt.
In der Zeit seiner Tätigkeit im Semstwokrankenhaus von
Nikolskaja hat der Arzt M.A. Bulgakow folgende Operationen ausgeführt: 1 Oberschenkelamputation, 3 Zehenam-
putationen, 18 Gebärmutterausschabungen, 4 Vorhautbe-
schneidungen, 2 Zangengeburten, 3 Wendungen auf den
Fuß, 1 manuelle Plazentalösung, 2 Atherom- und Lipom-
entfernungen, 1 Luftröhrenschnitt; überdies führte er aus:
Wundvernähungen, Öffnung von Abszessen und vereiter-
ten Atheromen, 2 Abdominalpunktionen, Reluxationen
von Verrenkungen; einmal entfernte er mit Chloroform-
narkose Rippensplitter nach einer Schußverletzung.

Beglaubigte Unterschriften:
Vorsitzender des Semstwoamtes
(Fjodor Stroganow)
Sekretär (W. Ball)

Siegel des Kreissemstwoamtes

Die Übersetzung stützt sich auf folgende Originalausgabe:
M. Bulgakov, Sobranije sočinenij v pjati tomach, Bd. 1, 2,
Vlg. »Chudožestvennaja literatura«, Moskau 1989/90.

Sollte diese Publikation Links auf Webseiten Dritter enthalten,
so übernehmen wir für deren Inhalte keine Haftung,
da wir uns diese nicht zu eigen machen, sondern lediglich auf
deren Stand zum Zeitpunkt der Erstveröffentlichung verweisen.

Penguin Random House FSC ®N001967

13. Auflage
Sammlung Luchterhand, Luchterhand Literaturverlag in der
Penguin Random House GmbH,
Neumarkter Str. 28, 81673 München
Copyright © der deutschsprachigen Ausgabe 1993
by Volk und Welt
Satz: deutsch-türkischer fotosatz, Berlin
Druck und Einband: GGP Media GmbH, Pößneck
Printed in Germany
ISBN 978-3-630-62183-8

www.luchterhand-literaturverlag.de